# Angelicas Wunderwelt

– Das Buch des Universums –

Wilfried Hajek

# 1.

Es ist ein gewöhnlicher Tag für das Universum, doch das hat nicht viel zu bedeuten.

Immerhin handelt es sich um das größte Paradoxon aller Zeiten, das nicht nur die Fähigkeit hat, sich an allen Orten gleichzeitig zu befinden, sondern manchmal auch die unglaubliche Herausforderung auf sich nimmt und sich auf eine einzige Sache konzentriert.

Für Menschen mag das gewöhnlich sein, für das Universum ist es ein eher seltenerer Ausnahmezustand.

So wie in diesem Moment, denn es betrachtet die Sanduhr, die soeben einige Zentimeter über seiner ausgestreckten Hand entstanden ist.

Es ist schwierig zu erklären, aus welchen Gründen sich das Universum dafür entscheidet, eine bestimmte Gestalt anzunehmen.

Die einfachste Erklärung ist wohl, dass das Universum äußerst verspielt sein kann und es dann genießt all die verschiedenen möglichen Facetten seiner Existenz zu erleben. Die kompliziertere Erklärung, würde wahrscheinlich den Vorstellungsrahmen sprengen. Schließlich braucht ein so großes Paradoxon wie das Universum auch rätselhafte Geheimnisse – sonst wäre es doch kein mysteriöses Paradoxon.

Jetzt gerade gibt die Gestalt dem Universum die Möglichkeit einen besonderen Augenblick unmittelbarer zu erleben.

Der Kopf des Universums nähert sich dem Stundenglas in seiner Hand an und beobachtet den goldenen Sand, der Korn für Korn nach unten fällt. In der klaren Oberfläche des Glases spiegeln sich seine Gesichtszüge und Verwunderung zeichnet sich darauf ab.

»Es ist wieder soweit«, murmelt das Universum nachdenklich, während es den Gegenstand noch kurz beobachtet. Anschließend wendet es sich ab und blickt in den Gang vor ihm. Dort stehen unzählige dieser Zeitmesser fein säuberlich aufgereiht nebeneinander und das leise Rieseln des Sands erfüllt den Raum. Es ist ein besonderes Rieseln. Sobald alle Körnchen eines Stundenglases aus dem oberen Teil in den unteren Bereich gefallen sind, steht ein besonderer Moment im Leben des Menschen an, der entscheidend für seinen weiteren Lebensweg ist.

Bedächtig schreitet das Universum den Gang entlang, bis es an der einzig leeren Stelle angelangt ist. Bedächtig mustert es die Worte, die auf der kleinen goldenen Plakette auf dem leeren Holzsockel zu lesen sind:

*»Das Buch des Universums«*

»Hmm«, macht es, als ihm klar wird, dass dies die leere Stelle ist, woher das Stundenglas stammt.

Es wendet seinen Blick zurück zum Stundenglas, das in seiner Hand schwebt und ist unschlüssig. Eine Emotion, die nicht unbedingt zu seiner üblichen Gefühlswelt gehört.

»Angelica«, murmelt das Universum nachdenklich. Es war der Name der Frau, in deren Lebensgang es sich gerade befindet. Seitdem die junge Frau aus Wien seine Aufmerksamkeit auf sich gezogen hat, ist es bereits mehrmals in ihren Lebensgang zurückgekehrt.

Mittlerweile hat Angelica schon einige Abenteuer hinter sich. Sie hat viel Schönes erlebt, aber es war auch nicht immer nur einfach auf ihrer Reise. Denn auf der Suche nach ihrem Ursprung hat sie eine Zauberin kennengelernt, mit einem Affen den Stall gereinigt, hat einen kurzen Moment lang den Kontakt mit ihrer Seele gefunden und wäre fast ertrunken. Sie hat mit ihrer sanften Art und Weise in dieser Zeit auch den einen oder anderen Menschen berührt und Veränderungen in deren Leben in Gang gesetzt.

*So ist das, wenn die eigene Seele sich vor langer Zeit dazu entschieden hat, die Welt zu verändern,* stellt das Universum in Gedanken fest.

Aber das war Angelica noch nicht bewusst. Denn sie hatte wie so viele Seelen bei ihrer Geburt um ihre Seelenaufgabe vergessen: die Welt zu verändern.

»Einerseits ein ganz natürlicher Prozess, andererseits auch einer, der es gerade etwas spannend macht«, grübelt das Universum vor sich hin. Es ist nicht ungewöhnlich, dass Menschen wichtige Rollen in der Entwicklung der Erde spielen können. Allerdings ist es dafür hilfreich, wenn sie sich an ihre Seelenaufgabe erinnern und sie auch annehmen.

Nachdenklich hebt es seinen Blick von dem Gegenstand in seiner Hand, während die Finger der anderen Hand im schnellen Stakkato auf das Holz der leeren Stelle trommeln. Kleine Funken stoben dabei auf und verschwinden in den Kosmos.

Plötzlich hält es inne und fixiert mit seinem Blick einen Punkt in der Ferne. Zumindest mag es so wirken – tatsächlich versucht es am Wahrnehmbaren vorbei zu sehen, in eine Dimension jenseits der Realität: Der Zukunft.

Es lässt seinen Geist auf der Suche nach dem geradlinigeren Pfad, der in die Zukunft weist, durch Zeit und Raum schweifen. Doch ihm erscheint nur ein Wirrwarr an sich kreuzenden Wegen, von denen viele möglich, andere unwahrscheinlich und manche gar nicht da sein dürften. Nachdenklich richtet das Universum seinen Blick wieder von der Zukunft weg und atmet tief durch.

*Es gibt Augenblicke, in denen die Zukunft vorhersehbar ist – doch jetzt gerade ist mehr möglich als zu anderen Zeitpunkten,* stellt es in Gedanken fest.

Noch immer steht es in dem Gang mit den unzähligen Sanduhren, die zu Angelicas Lebensweg gehören und lauscht erneut dem vertrauten Rieseln des Sandes. Dann blickt es nach oben. Die weiße Decke im Gang der jungen Frau verschwindet und ermöglicht den

Blick auf die Farbenpracht der Galaxien, die das Universum so liebt.

Es kratzt sich nachdenklich am Kinn und richtet seinen Fokus auf die Erde, direkt in ein Haus am Rande der Stadt Wien, wo ein liebevoll gestalteter Wohnraum sichtbar wird. In der Dimension des Universums erhellt ein zartes goldenes Funkeln den Raum. Es kommt aus der Schublade einer Kommode.

Das Universum beobachtet den pulsierenden goldenen Schein eine Zeit lang. Dinge, die von diesem Licht berührt werden, scheinen sich auf einer Ebene jenseits des Sichtbaren neu zu formen. Von außen betrachtet wirken sie noch immer gleich, aber in ihrer Essenz beginnen sie sich zu verändern.

Als das Universum genauer hinsieht, erkennt es den Ursprung: Ein in die Jahre gekommenes, in Leder gebundenes Buch. Von diesem Buch breitet sich ein strahlendes Netz aus goldenen Linien aus. Eine sehr kräftige Linie führt zu Angelica, die im ersten Stock des Hauses schläft. Sie ist durch viele weitere Lichtfäden mit Menschen an den verschiedensten Orten verbunden. Je länger und genauer das Universum das Netz beobachtet, desto stärker wird die Intensität des Lichts – bis es plötzlich so gleißend hell wird, dass es seinen Blick abwenden muss und überrascht zurück stolpert.

Das Bild verblasst. Stumm sieht das Universum ins Nichts und nickt.

»Die Entwicklung ist bereits im Gange.«

Erneut betrachtet das Universum den goldenen Sand, der unbeeindruckt vom Geschehen, Körnchen für Körnchen nach unten fällt.

»Dann wollen wir mal sehen, wie es weitergeht.«

# 2.

Mitten in der Nacht öffnet Angelica die Augen, setzt sich ruckartig im Bett auf und starrt verwirrt in die Dunkelheit. Der Sog ihrer Traumwelt hält sie noch immer fest und sie hört ihr Herz laut pochen – als wollte es ihr eine Nachricht aus einer anderen Welt morsen.

Ihr Wecker, der am Nachttisch steht, lässt sein rötliches Licht in die Dunkelheit strahlen. Sie braucht nicht hinzusehen, um zu wissen, dass er wie so oft, drei gleiche Ziffern hintereinander anzeigt. Sie weiß nicht, was es damit auf sich hat, nur dass immer, wenn sie mitten in der Nacht aufwacht, gleiche Zahlen zu sehen sind. Eigentlich dachte sie diese Phase hinter sich zu haben, aber sie kommen wieder häufiger vor, seit sie vor ein paar Tagen von ihrer Reise zurückgekehrt ist.

Schließlich wendet sie ihren Blick nun doch in Richtung Radiowecker und stellt wenig überrascht fest, dass sie recht hatte – wie immer leuchten dieselben drei Ziffern hintereinander auf. Als wolle ihr etwas sagen, dass es an der Zeit ist. Nur Zeit wofür? Wenn der Wecker kein Geschenk von Clara gewesen wäre, ihrer ehemals besten Freundin, hätte sie ihn wohl schon längst entsorgt. Dann müsste sie sich zumindest keine Gedanken über diesen Zufall mit den gleichen Ziffern mehr machen. Doch so steht er auf ihrem Nachttisch und ist stiller Zeuge, wenn sie in der Nacht aufwacht.

Benommen erinnert sie sich an Sprachfetzen aus ihrem Traum: *»Angelica ... erinnern? Weißt du ... du bist? Wohin dein Lebensweg ...?«*

Bruchstückhafte Erinnerungen kommen ihr zusammen mit der Stimme in den Sinn. Gleichzeitig glaubt sie, bunte farbige Wolken zu sehen. Sie schließt die Augen und versucht sich zu fokussieren, um Details zu erkennen und die Nachricht des Traumes zu entziffern. Doch die Bilder sind unklar und verschwommen, denn ihr Kopf bemüht sich, die Eindrücke wie immer schnellstmöglich verschwinden zu lassen, als wären ihre Träume nie da gewesen.

Er ahnt, dass sie Angelicas Wünsche für ihre Zukunft beeinflussen könnten, indem sie Angelica dazu ermutigen, auch im wachen Zustand von einem abenteuerlichen Lebensweg zu träumen. Er braucht allerdings etwas, das ihm logischer erscheint als Farbwolken und nebulöse Stimmen. Er will für Angelica ein im besten Fall gewöhnliches Leben, innerhalb geregelter Bahnen und kein Sehnen nach etwas Irrealem und Unerreichbarem. Es liegt in seiner Natur, sich gegen das Ungewöhnliche zu wehren und stattdessen all die inneren und äußeren Eindrücke so zu sortieren, dass eine Ordnung entsteht, die ihm kontrollierbar erscheint. Deshalb möchte er Angelicas Aufmerksamkeit lieber auf einen geradlinigen Lebensweg mit einem klaren Ziel lenken.

Ihr Herz dagegen sieht das anders. Es versucht tiefer in diese Traumwelt zu gelangen. Es ahnt, dass etwas Neues entstehen will und möchte es mit offenen Armen empfangen. Es kann mit der Vorstellung des Kopfes zu Angelicas Leben wenig anfangen. Es sehnt sich danach, alte Ideen über eine normale und geregelte Zukunft aufzugeben, um neue Wege zu gehen.

Angelica schüttelt sich. Die vagen Bilder verblassen immer mehr und mit ihnen auch der Klang der Stimme aus ihrem Traum. Was bleibt ist Verwirrung, verursacht von den widersprüchlichen Reaktionen ihres Herzens und ihres Kopfes.

Sie schlägt die Decke zur Seite und steht auf.

Während sie versucht, ihr Inneres zu sortieren, setzt sie sich an ihren Schreibtisch und blickt durch das Fenster ins Leere. Eine Bewegung, die sie aus dem Augenwinkel wahrnimmt, lenkt ihre Aufmerksamkeit auf die andere Straßenseite. Es ist ein Schatten, der sich aus dem Halbdunklen auf die Laterne vor dem Haus zubewegt und darunter stehen bleibt. Nun kann sie den Schemen besser erkennen. Ein Mann hebt seinen Kopf und es wirkt als würde er sie direkt ansehen.

»Das kann nicht sein, oder?«, murmelt sie verwundert.

Sie erhebt sich und beugt sich nach vorne. Es ist auf die Entfernung schwer auszumachen, doch die Silhouette hat Ähnlichkeiten mit ihm.

*Was macht er hier?*

Angelica ist verblüfft. Er ist immer zur richtigen Zeit am richtigen Ort, nämlich dann, wenn sie wieder einmal mit ihrem Latein am Ende ist.

Der alte blinde Mann hebt die Hand und bedeutet ihr mit einem Winken, nach draußen zu kommen.

*Er ist eindeutig etwas Besonderes,* stellt sie in Gedanken fest und erinnert sich an ihre erste Begegnung:

Er hatte den weiten Weg von Lissabon bis nach Wien zurückgelegt, nur um sie zu treffen. Dabei war Angelica eigentlich auf dem Weg zu ihm - allerdings ohne Erfolg. Als sie nicht ganz freiwillig wieder nach Wien zurückkam und die Hoffnung, ihn zu treffen, endgültig aufgegeben hatte, hörte sie plötzlich seine Stimme hinter ihr. Obwohl sie ihn nicht kannte, wusste sie sofort, dass er der alte blinde Mann war, den sie finden wollte. Er spielte ein Lied für sie, wodurch er ihr einen wundersamen Weg zu ihrem Herz offenbarte und half ihr so besser mit ihrem Herzen in Kontakt zu kommen. Als sie sich verabschiedeten, und sie ihn fragte, ob sie ihn Wiedersehen könnte, meinte er schlicht, dass sie sich wieder treffen würden, wenn das Universum das möchte.

Nun steht er vor ihrer Tür und deutet ihr herauszukommen.

Sie sieht auf die Uhr und überlegt. Sie ist zu aufgewühlt, um wieder ins Bett zu gehen und sie fragt sich, wieso er genau jetzt bei ihr auftaucht.

Sie schlüpft in eine Hose und in ein Shirt, schleicht die Treppen hinunter und greift nach ihrem Mantel, bevor sie das Haus verlässt. Leise schließt sie die Haustür hinter sich und geht auf den wartenden alten

Mann auf der anderen Straßenseite zu. Sie zieht den Mantel enger um ihren Körper, denn es ist kälter, als es für eine gewöhnliche Sommernacht üblich ist und der fehlende Schlaf lässt sie die geringeren Temperaturen stärker wahrnehmen.

»Hallo Angelica«, begrüßt er sie, als wären sie alte Freunde.

»Hallo«, setzt Angelica an und verstummt, als ihr klar wird, dass sie den Namen des Mannes nicht kennt. Er scheint ihre Gedanken gelesen zu haben und antwortet:

»Marius ist mein Name.«

»Marius also ...«, sagt Angelica unschlüssig.

Kurz herrscht Stille zwischen ihnen.

*Und nun?*, fragt sich Angelica in Gedanken, unklar darüber, was sie beide zu dieser Tages- oder wohl eher Nachtzeit hier eigentlich tun.

»Hast du Lust auf einen kleinen Spaziergang?« fragt Marius und holt sie aus ihren Gedanken.

Sie sieht die Straße hinunter in die dunkle Nacht. Für gewöhnlich würde sie nicht mit einem nahezu fremden Mann mitten in der Nacht spazieren gehen. Doch die ungewöhnlichen Umstände ihres Kennenlernens vor einigen Tagen haben dazu geführt, dass er für sie kein Fremder zu sein scheint und sie sich daher bei ihm sicher fühlt.

Sie nickt, doch der alte Mann hat sich schon in Bewegung gesetzt, als hätte er gewusst, dass Angelica zustimmen wird und so muss sie ein paar schnelle Schritte machen, um ihn wieder einzuholen.

Schweigend spazieren sie einige Minuten nebeneinander her, während ihre Gedanken zu ihrem nächtlichen Aufwachen und den sich schnell verflüchtigenden Traum zurückschweifen.

»Woran denkst du?«, fragt Marius sie.

»An einen Traum.«

»Mhmmm«

»An einen sehr seltsamen.« fügt sie hinzu.

Er schweigt kurz, dann setzt er wieder an:

»Träume haben manchmal die Eigenart, etwas Besonderes anzukündigen oder von der Vergangenheit zu erzählen. Was ist bei dir der Fall?«

Angelica sucht nach einer Antwort auf diese Frage. Doch sie findet in ihrem Unterbewusstsein nur eine diffuse Ahnung.

»Vielleicht beides?«

»Es ist also einer von den schwierigen Träumen. Und was bedeutet er für dich?«

Angelica bleibt stehen und hebt hilflos die Arme.

»Ich weiß es nicht, ich kann mich nicht mal wirklich an ihn erinnern.«

Marius geht unbeirrt weiter.

»Klingt gut«, sagt er lächelnd.

Verwundert macht sie ein paar große Schritte, um die Unterhaltung nicht abbrechen zu lassen.

»Wieso?«, fragt sie verwundert.

»Weil viele Probleme oftmals damit beginnen, dass Menschen sich unglaublich sicher sind. Im Umkehrschluss heißt es dann wohl, dass fehlende Klarheit ein gutes Zeichen ist. Es gibt den Dingen Zeit zu reifen, weil noch alles möglich ist.«

Dieser Gedanke gefällt Angelica, aber sie hat nicht das Gefühl, dass es bei ihr so leicht ist. Ganz im Gegenteil, einfach ist es für sie ganz und gar nicht. Sie glaubt auch nicht, Zeit für einen Reifungsprozess zu haben. Etwas in ihr drängt sie dazu, den nächsten Schritt zu machen.

*Nur wohin soll ich gehen und was soll ich dort machen?*

Sie mag diese Ungewissheit nicht.

Frustriert seufzt sie und versucht sich zu erklären.

»Weißt du, Marius, es ist wirklich mühsam. Ich habe das Gefühl, alles zu tun, was ich tun kann, um meinen Weg zu finden – aber es ist, als würde ich durch die Dunkelheit stolpern, überall anstoßen und dabei noch nicht einmal mein Ziel zu kennen, geschweige denn es zu sehen. Meine Träume scheinen mir etwas mitteilen zu wollen. Sie wecken mich regelmäßig mitten in der Nacht auf. Doch immer, wenn ich versuche ihnen auf den Grund zu gehen, dann finde ich nichts.«

»Gar nichts?«, fragt Marius nach.

»Genau! Na gut, nicht ganz. Es ist das Gefühl, dass große Veränderungen geschehen werden, doch ansonsten bleibt nur Verwirrung zurück und das macht mir ... Angst. Was hat das alles zu bedeuten?«

Marius geht schweigend einige Meter neben ihr.

»Große Veränderungen?«

Angelica macht eine Bewegung mit ihrer linken Hand, als versuche sie etwas zu fassen, das ihr immer wieder entwischt. Schließlich sagt sie:

»Ich weiß nicht, wie ich es sonst beschreiben soll. Kennst du das Gefühl, wenn man weiß, dass etwas geschehen wird, das man derzeit nur erahnen kann und man dennoch glaubt, dass es von großer Bedeutung sein wird?«?

Marius lächelt:

»Ja.«

»Das ist es.«

»Mhmm, große Veränderungen brauchen manchmal Zeit. So wie ein Samenkorn Zeit braucht, um zu wachsen, damit es später zu einem großen Baum werden kann, der viele Früchte trägt.«

Angelica beißt sich auf die Lippe und schüttelt den Kopf.

»Es ist nur ein Gefühl ... aber vielleicht ... vielleicht ist dafür keine Zeit.«

Er hebt eine Augenbraue.

»Wer sagt das?«

Angelica wendet sich ab, als würde sie die Gärten rund um sich betrachten, doch in Wirklichkeit versucht sie das Chaos in ihrem Kopf zu sortieren. Schließlich sagt sie:

»Die Träume verfolgen mich schon seit meiner Schulzeit. Einmal wäre ich deswegen fast von Zuhause abgehauen. Was mich aufgehalten hat, waren meine Eltern, der fehlende Schulabschluss und das Gefühl nicht zu wissen, wohin ich überhaupt gehen soll. Den Abschluss habe ich mittlerweile in der Tasche, gegen meine Eltern scheine ich mich langsam durchzusetzen...«

Sie hält inne und denkt daran, wie sie ihren Eltern erklärt hat, dass sie, statt zu studieren, ein Praktikum in Lissabon machen möchte. Dann fährt sie fort: »... aber auch wenn ich jetzt erst mal vorübergehend nach Lissabon will, habe ich keine Ahnung, wohin ich in Zukunft gehen möchte. Ich versuche auf mein Herz zu hören und den richtigen Weg für mein Leben zu wählen und doch scheint es mehr ein Vorwärtsstolpern zu sein, als dass ich wirklich vorankomme. Je mehr Zeit vergeht, desto dringender erscheint es, dass die Dinge für die große Veränderung zur richtigen Zeit am richtigen Ort passieren und dass es an mir liegt, meinen Teil dazu beizutragen. Darum habe ich immer mehr das Gefühl, das Richtige tun zu müssen.«

»Warum?«, fragt Marius.

Nun muss Angelica lachen.

»Sag du es mir. Ich dachte, deswegen haben wir uns gefunden – ich bin nur eine Achtzehnjährige, die versucht, irgendwie durch dieses schräge Leben zu kommen. Wärst du nicht hier, würde ich noch immer schwören, dass die Erlebnisse auf meiner Reise nur eine Art Traum waren.«

»Ein Traum, hm?«

»Ja«, antwortet Angelica.

Marius scheint darüber nachzudenken.

»Es gibt jene Träume, die uns im Schlaf begegnen, davon können manche eine besondere Bedeutung haben und zur Wirklichkeit werden. Dann gibt es noch unsere Tagträume, oder wie wir sie oft nennen: Wünsche. Jene besonderen Vorstellungen, die wir zur Realität machen können.«

»Wie denn das?«

»Indem man fest daran glaubt, dass der Traum Wirklichkeit wird. Denn wenn sich unsere Gedanken ändern, dann wandelt sich auch unser Verhalten und so holen wir neue Gelegenheiten in unser Leben. Jene können wir dann ergreifen, um das in unser Leben zu bringen, was wir wirklich wollen.«

»So einfach?«

»Einfach? Ha! Das ist wohl Ansichtssache«, grummelt er vor sich hin.

Dann dreht sich Marius plötzlich zu ihr um. Im Schein einer Straßenlaterne wirkt er auf einmal wirklich alt und vor allem müde. Angelica ist verwundert und ein bisschen erschrocken, als sie einen harten Zug um seinen Mund entdeckt. Sie hat Sorge, dass sie etwas Falsches gesagt hat. Irgendetwas an ihrer Frage scheint ihn sehr aufzuwühlen.

Er wendet sich wieder ab und sie gehen in angespanntem Schweigen weiter, bis Angelica es neben sich rascheln hört. Erschreckt bleibt sie stehen. Eine kleine Katze kommt aus dem Gebüsch und schmiegt sich um ihre Beine. Angelica beugt sich erleichtert zu Boden, um das Tier zu streicheln. Die

Ablenkung kommt ihr gerade recht. Es nimmt die Spannung aus der Luft und das zufriedene Schnurren scheint auch Marius aus seiner Gedankenwelt wieder zurück in die Realität zu bringen. Er bleibt neben den beiden stehen und atmet tief durch. Dann nimmt er schließlich die Unterhaltung wieder auf:

»An welche Details deiner Träume kannst du dich eigentlich noch erinnern? An wirklich gar keine?«, will er wissen.

Angelica zuckt nur leicht mit den Schultern, während sie weiterhin die Katze streichelt. Die scheint allerdings noch etwas Anderes vorzuhaben und macht sich mit erhobenem Schwanz auf und davon, durch ein kleines Loch im nächstgelegenen Zaun.

*Katze müsste man sein, vielleicht wäre das Leben dann einfacher,* denkt Angelica.

Anschließend erhebt sie sich und wendet ihre Aufmerksamkeit wieder Marius Frage zu.

*Gute Frage. Was GENAU weiß ich noch von meinen Träumen?*

Sie versucht sich zu erinnern, wie genau die Traumfetzen aussahen, die sie nach dem Aufwachen beschäftigt hatten. Doch sie erinnert sich nur an wilde Farben.

Sie schüttelt den Kopf.

»Ich«, beginnt sie und atmet tief ein. Dann unterbricht sie sich selbst, als plötzlich mit voller Wucht ein klares Bild vor ihrem inneren Auge auftaucht.

»Goldene Punkte, die durch Linien miteinander verbunden sind. Wie ein Netz, das um die ganze Welt reicht und alle miteinander verbindet.«

»Und was noch?«

»Das war's. Ich weiß nicht, was ich davon halten soll. Das ist doch nichts, was mir weiterhilft. Ich hab' keine Ahnung, was dieser Traum bedeuten soll oder was diese Gefühle und Ahnungen mit mir zu tun haben. Ich will einfach nur wissen, was Sache ist, doch irgendwas scheint mich davon abzuhalten es zu verstehen.«

Frustriert ergänzt sie:

»Und durchschlafen würde ich auch gerne mal wieder. «

»Ja», murmelt der alte Mann »ich kenne das Problem.«

Angelica sieht ihn verblüfft an.

»Wie? Hast du auch solche Träume und kannst nicht schlafen?«

»Nein, aber ich hab' auch mal versucht, meiner Bestimmung zu entkommen.«

»Bestimmung zu entkommen?« hakt Angelica nach.

Er lacht leise.

»Hat nicht so gut geklappt.«

»Und jetzt?«, will Angelica wissen.

»Jetzt gehst du erstmal schlafen und vergiss nicht: Manche Dinge dürfen ihre Zeit brauchen.«

»Nicht wahnsinnig hilfreich«, stellt Angelica fest und ärgert sich ein wenig über sich selbst, weil sie so trotzig reagiert. Aber es ist nun mal frustrierend für sie.

»Tja, so ist das manchmal.«

Einige Minuten spazieren sie still durch die Stadt, jeder in seinen eigenen Gedanken versunken.

»Weißt du, für mich ist es auch nicht immer einfach.«

Marius beißt sich nervös auf die Unterlippe.

»Ich möchte meine Frau nämlich wieder zurückgewinnen.«

Verblüfft sieht ihn Angelica an, das hört sie zum ersten Mal.

»Deine Frau?«, fragt sie nach.

»Ja, sofern sie das noch ist. Ich habe sie und meine Kinder vor einigen Jahren verlassen, weil ich dachte, keine andere Wahl zu haben. Ich war überzeugt davon, dass ich sie nie wiedersehe.«

»War wohl nicht so«, stellt Angelica fest.

»Nein, war wohl nicht so. Ich liebe sie noch immer und will sie zurück in meinem Leben.« antwortet er.

»Uff. Klingt nicht einfach.«

»Das hast du milde ausgedrückt. Ich bezweifle, dass mir meine Frau aus heiterem Himmel wieder in die Arme fällt. Zumindest war es bei unserer ersten Begegnung nicht der Fall.«

»Irgendwie verständlich, oder?«, fragt Angelica nach.

»Leider ja«, muss Marius zugeben.

Während ihrer Unterhaltung sind die beiden ein ordentliches Stück gelaufen und stehen nun wieder vor Angelicas Elternhaus.

»Ist es nicht irgendwie auch schön, wenn die Liebe für eine Person nach so langer Zeit noch da ist?«, fragt Angelica freundlich.

Er lächelt.

»Ja, aber auch furchtbar kompliziert in diesem Fall«, antwortet er. Dann hebt er die Hand, zieht einen imaginären Hut vor ihr und sagt: »Aber nun vor allem gute Nacht und schlaf gut, liebe Angelica. Morgen ist auch noch ein Tag, an dem wir uns den Kopf zerbrechen können.«

»Gute Nacht, Marius«.

Sie sieht ihm kurz hinterher und ist verwundert, wie sicher er sich durch die Nacht bewegt. Vielleicht gleicht die Dunkelheit der Nacht die Blindheit seiner Augen aus? Angelica dreht sich um und geht wieder ins Haus. Sie spürt, wie sich Müdigkeit in ihr ausbreitet. Vielleicht kommt sie ja doch noch zu ein wenig Schlaf. Etwas an dieser Unterhaltung hat sie beruhigt, auch wenn sie nicht genau sagen kann, was das war.

*

Das Universum lächelt, als es die beiden in unterschiedliche Richtungen ihres Weges gehen sieht.

*Das wird noch eine interessante Verbindung und wir werden sehen, wie sie sich auf dieser Reise gegenseitig unterstützen. Denn das tun Seelen wie diese beiden, die sich gefunden haben, um sich gegenseitig zu helfen,* stellt es nachdenklich fest und freut sich auf die Entwicklung der kommenden Ereignisse.

# 3.

Isabella sitzt in ihrem Schaukelstuhl auf der Veranda und starrt in die Dunkelheit. Nur der schwache Schein des Lagerfeuers durchbricht die Schatten der Nacht. Das Knistern des brennenden Holzes und das gelegentliche Schnarchen eines schlafenden Tieres untermalt diese ungewöhnlich ruhige Nacht auf der Farm.

Isabellas Gedanken wandern zurück zum Telefongespräch, das sie vor einigen Tagen mit ihrer Schwägerin Renate führte:

*

»Es ist soweit«, stellte Renate fest.

»Angelica hat das Buch des Universums und sie kommt schneller voran als gedacht«, fügte sie hinzu.

»Ich habe es dir gleich gesagt: Sie wird nicht aufhören, bevor sie durch ist, Renate.«

»Sie ist mein Kind, Isa! Ich hätte ihr einfach ein normales, einfaches Leben gewünscht.«

Isabellas Stimme wurde weich:

»Es liegt nicht in unserer Macht für sie zu entscheiden, und du weißt selbst, dass unsere Familie einen Hang zu sturen Frauen hat.«

Renate lachte.

Schweigen.

»Du weißt, was du zu tun hast, Renate.«

»Ja, aber es gefällt mir nicht, Isa.«

*

Isabellas Schaukelstuhl knarrt etwas lauter als gewöhnlich und bringt sie so wieder zurück in die Gegenwart. »Dieses Buch«, murmelt Isabella wenig begeistert in die Stille. In den letzten Tagen holen sie die Erinnerungen immer wieder ein. Bei der Arbeit, aber besonders nachts, halten sie die Gedanken daran wach und sie findet keine Ruhe.

Es sind vor allem Gedanken an die Geschehnisse aus der Zeit, kurz nachdem Isabella das Buch erhielt. In dieser Zeit war so viel passiert. Vieles davon war wundervoll, vor allem zu Beginn. Doch dann kam es aufgrund des Buchs schließlich zu dieser weniger schönen Auseinandersetzung mit ihrer Schwägerin

Renate, die zu diesem Zeitpunkt eigentlich noch ihre Freundin und Mitbewohnerin war.

Sie fragt sich, ob alles wirklich so ausgehen musste, wie es letztendlich der Fall war, oder ob es eine andere Möglichkeit gegeben hätte. Eine Lösung bei der Renate und Isa zum Schluss nicht so aneinander gekracht wären. Immerhin wohnten sie ein paar Jahre während ihrer Studienzeit zusammen. Sie genossen als Freundinnen so manche Höhen miteinander und waren in ihren Tiefen füreinander da und haben sich gegenseitig unterstützt. Natürlich gab es auch schon in dieser Zeit die eine oder die andere Meinungsverschiedenheit, aber nichts, was ihre Freundschaft ernsthaft gefährdet hätte.

Aber der Streit um das Buch war anders. Es war ein Streit, der seine Spuren hinterlassen hatte. Nicht nur bei ihr, sondern besonders auch bei Renate. Das war in ihrer Stimme beim Anruf vor einigen Tagen wieder deutlich zu hören.

*Das Buch des Universums, sie glaubt noch immer, dass es das Buch ist,* stellt Isabella für sich stirnrunzelnd fest. Dass Renate überhaupt anrief, war ungewöhnlich, doch es ist genau dieser Gedanke, der sie nicht schlafen lässt – dass Renate wirklich zu glauben scheint, dass das Buch Angelica in eine falsche

Richtung lenkt. Sie selbst zweifelt sehr daran. In ihren Augen kann das Buch vielleicht eine Art Verstärker sein, um den eigenen Lebensweg zu finden, aber es ist bestimmt nicht die Ursache für die eigenen Träume.

Angelicas Weg scheint ein ungewöhnlicher zu sein mit all den Abenteuern, die sie in dieser kurzen Zeit erlebt hatte und die, wie Isabella vermutet, so schnell kein Ende nehmen würden. Es war nur ein Gefühl, doch sie hatte keinen Grund, an diesem zu zweifeln.

Sie denkt daran zurück, wie Angelica sie hier auf der Ranch besuchte, die Tiere betreute und sie gemeinsam auf der Veranda saßen. All die Fragen, die diese junge Frau hatte. Bei der Suche nach Antworten, wohin sie ihr Lebensweg in Zukunft führen soll, schien vor allem ihr Kopf zu regieren, der sie auf einen möglichst unkomplizierten Pfad führen wollte und dadurch die Dinge unnötig verkomplizierte. Isabella lächelt beim Gedanken daran, wie viel leichter es für ihre Nichte wurde, als sie begann, etwas mehr auf ihr Herz zu hören, statt das, was sich richtig anfühlte, ständig zu hinterfragen - offenbar hatte sie dabei auch Unterstützung von dem Buch. Wie unklar war Angelica selbst dieser Prozess der Veränderung und wie offensichtlich war es zu erkennen, wenn man sie von außen beobachtete.

Leider versteifte Renate sich wohl tatsächlich darauf, dass das Buch das bewirkt hatte.

Isabellas Faust saust auf die Armlehne.

»So ein Mist aber auch!!«

Erschrocken hebt ihre Bulldogge Roberto den Kopf und öffnet schlaftrunken seine Augen. Er mustert Isabella kurz, schließt dann wieder die Augen und sinkt zurück in einen friedlichen Schlaf. Wie von selbst greift Isabellas Hand nach unten und krault den geheimen Wächter ihrer Farm hinter den Ohren. Ob sie damit ihn oder sich selbst beruhigen will, weiß sie nicht so recht.

Isabella sind gewundene Lebenswege durchaus vertraut. Ihr eigener ist ebenfalls nicht als geradlinig oder gewöhnlich zu bezeichnen und trotzdem hat sie nie das Gefühl, einen Umweg gegangen zu sein, denn sie ist ihrem Herzen gefolgt. Sie befürchtet jedoch, dass Renate ihrer Tochter den einen oder anderen zusätzlichen Stein in den Weg legen wird, um Angelica auf einen herkömmlicheren Weg zu bringen. Wie hatte Renate am Telefon gesagt?

›Sie ist mein Kind, Isa! Ich hätte ihr einfach ein normales, einfaches Leben gewünscht.‹

*Aber was ist, wenn Angelica kein Interesse an einem einfachen Leben hat? Was ist, wenn sie sich eine ganz andere Aufgabe ausgesucht hat?*

Sie nimmt ihre Hand von Robertos Fell, verschränkt die Finger ineinander und stützt ihren Kopf darauf, während die Ellbogen auf den Sessellehnen ruhen. Sie starrt in die Dunkelheit, spitzt ihre Ohren und kneift ihre Augen leicht zusammen. So verweilt sie eine Zeitlang und knabbert mit den Zähnen an ihrer Unterlippe. Sie hofft in den Geräuschen und Schatten ihrer Umgebung etwas zu entdecken, ein Zeichen zu finden, das ihr helfen könnte, die Zukunft besser zu verstehen. Etwas, das vielleicht eine bestimmte Vorahnung in ihr auslöst und sei es noch so klein – so wie sie es bei Alessio so oft gesehen hatte.

»Alessio« murmelt sie nachdenklich.

*Noch so ein ungewöhnlicher Mensch und gleichzeitig derjenige, der es mir ermöglichte, meinem Herzen zu folgen und dieses Leben zu führen.*

In der Zeit, in der Angelica zu Besuch war, war er der Ranch ferngeblieben. Eigentlich schade, denn Isabella ist sich sicher, die beiden hätten sich gut verstanden. Isabella war allerdings nicht unbedingt daran interessiert, dass in der Familie über sie und Alessio geredet wird, und so hatte sie sein Fernbleiben veranlasst.

Vielleicht war es ein Fehler, Alessio und Angelica nicht in Kontakt miteinander zu bringen. Vielleicht hätte er sie dabei unterstützen können, zu verstehen, was es mit den Zeichen auf sich hat und ihr so mehr Sicherheit gegeben, den eigenen Lebensweg zu gehen. Alessio kann so etwas, auf seine eigene seltsame Art und Weise. Gerade, weil er früh Waise geworden war, musste er sich Vieles selbst aufbauen und seinen eigenen Weg durchs Leben suchen, ohne dass ihm jemand half. Dadurch besitzt er eine innere Stärke, die ihm eine außergewöhnliche Sanftheit verleiht, und dennoch kann er manchmal auch ein ziemlicher Dickschädel sein.

»Das ist vermutlich auch der Grund, warum wir so gut zusammenpassen,« murmelt Isabella und der Gedanke behagt ihr nicht ganz. Denn, wenn jeder von ihnen eine Meinung hat, können sie beide sehr darauf beharren.

So sehr sie diese Durchsetzungskraft im täglichen Zusammenleben mit den Tieren auch braucht, um diese sanft aber bestimmt in die Schranken zu weisen, so sehr kann sie auch lästig werden, wenn sie sich mit der eigenen Sturheit im Weg steht – so wie jetzt. Denn langsam wird ihr klar, dass es keinen Sinn macht, das Thema in Gedanken rauf und runter zu wälzen, weil es aus ihrer Sicht gar keine andere Möglichkeit für sie gibt, als nach Wien zu fliegen. Sie muss das Leben auf der Ranch für kurze Zeit zurücklassen, um Angelica auf einem Stück ihres Weges zu unterstützen. Aber vor allem muss sie endlich mit Renate über die Dinge sprechen, die schon vor langer Zeit hätten geklärt werden sollen.

*Das gefällt mir gar nicht. Ich habe es mir hier doch so schön eingerichtet in meinem ganz persönlichen kleinen Paradies.*

Sie lächelt über sich selbst und murmelt:

»Du wirst doch nicht alt werden und vor der neuen Herausforderung zurückschrecken, Isabella, oder?«

In diesem Moment richtet sich Roberto ruckartig auf und bellt. Er beobachtet sie mit wachen Augen und beginnt aufgeregt zu schnuppern, als er versucht einen fremden Geruch einzuordnen. Isabella legt ihm beruhigend die Hand auf den Kopf und er macht es sich langsam wieder am Boden bequem, während seine Augen sie weiterhin wachsam beobachten.

*Gut, gut.*

Langsam steht sie auf und legt die Decke, von ihren Schultern auf den Schaukelstuhl. Abschließend sieht sie noch eine Runde über die dunklen Schatten, die ihr nur allzu vertraut sind und geht dann nach drinnen, um Alessio Bescheid zu geben. Sie bezweifelt, dass er große Begeisterung dabei verspürt, die Ranch eine Zeitlang zu führen. Schließlich ist die Ranch ihr Traum und somit ist es ihre Aufgabe die Tiere zu versorgen, was nicht wenig Arbeit bedeutet. Aber sie hat keine Bedenken, dass er sie dennoch hüten würde – ihr zu Liebe.

*Von wegen, es würde mich nicht einmal wundern, wenn er mich fragt, wieso ich nicht schon lange auf dem Weg nach Wien bin.*

Manchmal hat sie den Eindruck, er ist den Menschen in seiner Umgebung immer einen Schritt voraus.

»Es ist eine Sache, anderen Leuten schlaue Ratschläge zu geben, eine andere ist es, sie selbst umzusetzen«, grummelt Isabella und stellt dabei fest, dass sie sich mit dieser Aussage selbst zur Ordnung ruft. Es hilft, denn sie beginnt alles in die Wege zu leiten.

*

Freundlich betrachtet das Universum Isabella und freut sich über ihren Entschluss, Angelica zu helfen. Die junge Frau kann gerade jede Unterstützung gebrauchen. Vor allem von Menschen wie Isabella, die bereits ihren eigenen Weg gehen und Dinge über die Vergangenheit und das Buch des Universums wissen, die Angelica noch unbekannt sind.

# 4.

Renate liegt mit weit geöffneten Augen im Bett und betrachtet die Schatten auf der weißen Zimmerdecke, die durch das Licht der Straßenlaterne entstehen, das durch das Fenster fällt. Dabei liegen ihre Hände aufeinander, während die Finger der oberen einen leisen Takt auf dem Rücken der unteren trommeln.

*Das Buch. Das Buch. Das Buch.*

Seit einer Weile hört sie jetzt schon dem Schnarchen ihres Mannes Carlos zu und normalerweise würde sie schon längst schlafen. Doch nicht heute.

Ihre Gedanken lassen ihr keine Ruhe und sie schafft es nicht, in die Traumwelt zu gleiten.

Sie erkennt, dass an Schlaf in diesem Moment nicht mehr zu denken ist und schlägt die Decke zur Seite, um aufzustehen. Ihr Mann dreht sich auf die Seite und murmelt einige unverständliche Worte.

Sie zögert.

Doch dann hört sie wieder das gleichmäßige Geräusch seines Schnarchens und setzt ihre Füße sanft in die dafür bereitgestellten Hausschuhe auf den Boden.

Sie wirft sich einen Morgenmantel über und geht leise nach unten ins Wohnzimmer. Dort knipst sie das Licht an und holt das kleine Buch aus der Schublade einer Kommode hervor, wo sie es unter einigen Tischtüchern aufbewahrt. Mit dem Buch in der Hand setzt sie sich auf die Couch und betrachtet es nachdenklich. Sie hat es vor einigen Tagen bei dem Gespräch nach Angelicas Rückkehr an sich genommen und in der Schublade versteckt.

*Es ist besser, wenn ich es behalte. Es hat in der Vergangenheit schon genug Probleme verursacht und ist wohl gerade dabei, für noch mehr zu sorgen. Es brachte schließlich auch nach meinem Abschluss meine Pläne für die Zukunft durcheinander und war für den Streit mit Isa verantwortlich,* rechtfertigt sie sich in Gedanken.

Kurz fröstelt es sie und sie spürt, wie sich ihre Haare auf den Armen von dem einen auf den anderen Moment aufstellen und sich ein Ziehen im Rücken ausbreitet. Es fühlt sich genauso an wie damals, als sie die Stimme des Antiquitätenhändlers hörte.

*

»Was suchen Sie denn?«, erklang es hinter ihr.

Obwohl die Stimme freundlich klang, überkam sie das Frösteln.

»Gute Frage. Entspannung? Ruhe? Vielleicht etwas in der Art,« entgegnete sie, während sie weiterhin ihren Blick nicht von den Büchern abwandte.

Die letzten Prüfungen vor dem Abschluss hatten sie wohl etwas mitgenommen und ihre Nerven lagen noch immer blank.

»Hm, wer weiß, ob eines meiner Bücher dafür das Richtige ist?«, unterbrach sie die Stimme in ihren Gedanken.

»Wieso denn nicht?«

»Weil man bei einem alten Buch nie weiß, woran man ist. Manche entspannen einen tatsächlich, andere erscheinen jedoch nur entspannend, stellen dann aber mit einem Mal unser Leben auf den Kopf und nichts ist mehr wie es war. Das ist wohl eher abenteuerlich als beruhigend.«

Renates Finger, der neugierig und unablässig über die alten Buchrücken strich, hielt auf einem hellen Lederrücken mit schwarzen Buchstaben inne.

»Wie unterscheidet man die einen von den anderen Büchern?«

»Schwer zu sagen, je nach Leser kann die Wirkung unterschiedlich sein.«

»Klingt nicht trivial.«

»Ist es auch nicht. Manchmal rutscht man in ein Abenteuer, das gelebt werden will. Dabei können über die Zeit Bücher sogar zu hilfreichen zukünftigen Wegbegleitern werden.«

*Ein Wegbegleiter für die Zukunft.*

Sie überlegte. Ihr Medizinstudium erforderte viele Zahlen, Daten und Fakten. Sie verließ sich normalerweise nur auf solche Fachbücher, aber ihre Neugier war geweckt und so fragte sie:

»Und wenn man gerne einen solchen Wegbegleiter finden würde? Wo müsste man da suchen?«. Ihr Finger glitt weiter über die Buchrücken.

»Nirgends.« kam die unerwartete Antwort.

*Nirgends? Was soll das bedeuten?*

Nun drehte sie sich doch um. Nachdenklich betrachtete sie den Kerl, der mit seiner Nickelbrille und einem Stoß alter Bücher in der Hand vor ihr stand. Er schien Ende zwanzig zu sein und nicht so recht zu dem restlichen Interieur zu passen. Er war zu jung. Sie hätte hier eher jemanden um die fünfzig erwartet, mit grauem Haar und einem verschlissenen Sakko mit Ellbogenschonerflicken.

*Und doch scheint er sich in den Laden einzufügen, als wäre er schon immer ein Bestandteil davon gewesen.*

»Nirgends?«, hakte sie nach.

»Nein, solche Bücher finden uns und nicht umgekehrt.«

Nun musste Renate lachen und der Mann vor ihr sah sie verwirrt an.

»Entschuldigen Sie, aber haben Sie immer so komische Sprüche für Ihre Kunden parat?«

Er zuckte mit den Schultern.

»Manche davon sind nun mal einfach wahr, aber ich wollte Ihnen bestimmt nicht zu nahetreten.«

»Zu nahetreten?«

»Lachen ist oft ... «, er stoppte sich selbst und lächelte.

»Entschuldigen Sie, manchmal kann ich mich nicht zurückhalten. Schauen Sie sich einfach um und geben Sie Bescheid, wenn Sie etwas gefunden haben oder meine Hilfe brauchen.«

Er sah sie noch einige Sekunden lang an, als wollte er etwas ergänzen, aber er schien es sich dann doch anders zu überlegen, drehte sich um und ging mit den Büchern in seinem Arm in den hinteren Bereich des Geschäfts.

Renate schüttelte verwundert den Kopf.

*Ein komischer Kauz. Nun ja, DIESE Eigenschaft passte wohl hierher. Sollten Antiquariate nicht immer etwas Besonderes und ein wenige Schräges an sich haben? Macht das nicht die Magie dieser alten Läden aus?*

Renate drehte sich wieder zu den Büchern, legte den Kopf schief und las in Gedanken einige der Buchtitel. Die Frage, was genau sie in solchen Geschäften eigentlich machte, konnte sie sich nicht so recht beantworten. Sie mochte den Geruch der alten Bücher und die Ruhe, die solche Geschäfte ausstrahlten, aber da war noch mehr. Sie hatte das Gefühl, dass sie auf der Suche nach etwas war. Nur was genau das sein sollte war ihr schleierhaft. Es war schließlich nicht so, als hätte sie im Studium nicht genügend dicke Wälzer durchforstet. Jetzt sollte sie eigentlich die Chance nutzen und einige Meter, wenn nicht gar Kilometer Abstand zu Büchern suchen, um die vorübergehende Freiheit zu genießen. Und dennoch trieb es sie, seit dem Abschluss der letzten Prüfungen, immer wieder in einen dieser alten Läden, von denen es in Wien so einige gab. Dort stöberte sie in all den alten Büchern auf der Suche nach ...

*Genau, wonach eigentlich?*

Sie hatte keine Ahnung, doch irgendetwas rief nach ihr. Etwas, das nicht sichtbar und trotzdem fühlbar war.

Renate fand es schon immer sehr verwirrend, wenn sie solche Bauchgefühle hatte. Für sie als überzeugte, moderne Medizinerin und damit auch Wissenschaftlerin waren es schlicht Hirngespinste, denen man keine große Aufmerksamkeit schenken sollte. Darüber hinaus konnte sie mit diesen Gefühlen weder bei sich noch bei anderen so wirklich viel anfangen. Wenn sie an dem Wirrwarr in den Köpfen und der Gefühlswelt der Menschen interessiert gewesen wäre, hätte sie sich wohl eher für eine Karriere als Psychiaterin entschieden.

*

Das Klacken der Eingangstür holt Renate aus ihren Erinnerungen und somit aus dem Antiquariat, in dem sie vor fast zwei Jahrzehnten war in ihr Wohnzimmer zurück, wo sie mitten in der Nacht in ihrem Sessel sitzt. Ihr Blick gleitet über das Chaos stiftende Buch in ihrer Hand, in Richtung des Geräuschs, das sie gerade gehört hatte.

*Wer war das?*

Leise steht sie auf und versteckt das Buch erneut in der Kommode unter ein paar Dekorationsartikel, die ihren nächsten Auftritt nicht vor Weihnachten haben werden. Ein Ort, an den selten jemand außer ihr denkt, geschweige denn, dass jemand dort nach etwas suchen würde.

Sie geht in den Flur zur Treppe, die nach oben zu den Schlafzimmern führt.

Dort trifft sie auf ihre Tochter, die gerade von draußen hereinkommt und erfolglos versucht leise zu sein.

»Mama, wieso bist du noch wach?«

»Das könnte ich dich auch fragen, Angelica.«

»Ich war kurz frische Luft schnappen.«

»Alleine?«

»Ja.«

Renate erkennt die Lüge sofort. Obwohl sie im ersten Moment verärgert ist, muss sie innerlich schmunzeln.

*Wieso vergessen die eigenen Kinder nur immer, dass man sie schon ihr Leben lang kennt und man dadurch meist ziemlich genau weiß, wann sie schwindeln? Sie saß doch erst gestern noch auf meinem Schoß.*

»Und du?«

»Hmm?«

»Was hast du gemacht, Mama?«

»Ach ... nachgedacht, wie schnell die Zeit vergeht.«

»Ach so.«

Die beiden Frauen scheinen nicht zu wissen, was sie sich sonst noch sagen sollten.

»Also dann. Gute Nacht.«

»Schlaf gut.«

Angelica beginnt die Treppe hochzugehen, dann dreht sich nochmals um.

»Ach Mama, das Buch. Kann ich es bitte wiederhaben?«

Renate hält unwillkürlich die Luft an, als sie das hört, versucht sich aber nichts anmerken zu lassen. Sie hatte kein Interesse mehr an Chaos, seltsamen Zukunftsideen und gefährlichen Erlebnissen ihrer Tochter, deswegen hatte sie es bei Angelicas Rückkehr von ihrer Reise an sich genommen. Wenn es nach ihr ginge, sollte ihre Tochter ein Studium beginnen und ein ganz normales Leben führen, statt sich von einem lebensgefährlichen Abenteuer in das nächste zu stürzen. Schließlich wäre Angelica auf ihrer abenteuerlichen Reise fast ertrunken.

»Welches Buch?«

»Na das Buch des Universums.«

Ihre Mutter schweigt, doch Angelica lässt nicht locker.

»Du hast es bei unserem Gespräch an dich genommen, nachdem ich euch mitgeteilt hatte, dass ich jetzt nicht studieren, sondern ein Praktikum machen werde.«

»Schatz, bist du dir denn da wirklich sicher, dass du nicht studieren willst?«

»Ach Mama, schon wieder diese leidige Diskussion? Kannst du es nicht einfach mal lassen?«

»Schatz, ich mach mir halt Gedanken um deine Zukunft.«

»Ja Mama, es ist MEINE Zukunft, nicht DEINE!«, beharrt sie vehement.

»Psssst Schatz, Papa schläft,« bemüht sich Renate ihre Tochter zu beruhigen.

»Ich ...«, setzt Angelica an, doch Renate legt einen Finger auf die Lippen. Sie kann geradezu spüren wie sauer Angelica ist, und dass sie kurz davor ist zu explodieren. Doch dann macht Angelica auf dem Absatz kehrt und verschwindet ohne weitere Worte über die Treppe nach oben.

Renate sieht ihr hinterher.

*Wann ist es so zwischen uns geworden? Wir waren doch früher einmal sowas wie beste Freundinnen, bevor ihre seltsamen Träume begannen.*

Sie hatte wirklich gehofft, dass es nach Angelicas Reise nach Sizilien besser werden würde und sie sich nach dem kleinen Abenteuer auch für ein Studium entscheiden würde. Allerdings hatte sie diese Reise und das Buch offenbar noch mehr darin zu bestärkt, einen anderen Weg einzuschlagen. So dass sie beide sich immer weiter voneinander entfernen.

*Es war ein Fehler, ihr das Buch zu geben. Ich hätte achtsamer damit sein müssen.*

Traurig geht sie ins Wohnzimmer zurück, setzt sich auf den Sessel und blickt in die dunkle Nacht.

# 5.

Isabella hat nicht mehr viel geschlafen, nachdem sie Alessio in der Nacht anrief. Mittlerweile sitzt sie auf einem altem Holzsessel vor ihrem Haus und beobachtet den Sonnenaufgang.

*Bin ich mir sicher, dass es das Richtige ist?*

Sie schmunzelt.

*Wahrscheinlich nicht. Aber ist es nicht so, dass man manchmal erst Gewissheit findet, indem man etwas tut, bei dem man sich unsicher ist?*

Während sie ihren Blick über ihre Ranch gleiten lässt, bemerkt sie den Schatten einer Gestalt, der sich zwischen sie und die Sonne am Horizont stellt.

»Guten Morgen, Alessio«, begrüßt sie ihn als er nahe genug ist.

Ein Lächeln umspielt seine Mundwinkel.

»Isa.« Er bewegt seine Hand zum Hut und hebt ihn leicht an.

Isabella steht auf, geht auf ihn zu, umarmt ihn und gibt ihm einen Kuss auf die Wange. Sie kennen sich nun schon so lange und doch ist es zwischen ihnen noch immer, als wäre jede Begegnung eine, bei der sie sich wieder kennenlernen.

»Du bist gekommen«, stellt sie fest.

»Hatte ich eine andere Wahl?«, fragt Alessio.

»Ja, hast du – immer. Und das weißt du selbst.«

Alessio seufzt.

»Klar, wenn ich dafür verantwortlich sein will, dass eine Giraffe, ein Affe und eine Bulldogge auf der Suche nach Futter zuerst dein und dann mein Grundstück auf den Kopf stellen, dann hätte ich natürlich eine andere Wahl.«

»Siehst du, sag ich doch!«, erwidert sie schmunzelnd und fügt dann hinzu: »Komm, setz dich, ich hol' dir einen Kaffee.«

Als Isabella wiederkommt, streichelt Alessio Roberto, dem das sichtlich gefällt.

»Na, macht ihr zwei euch schon die neuen Regeln aus?«

Alessio blickt Isabella schmunzelnd an.

»Was bleibt uns anderes übrig? Du wirst wirklich gehen, nicht wahr?«

»Haben dir das nicht schon längst die Bäume geflüstert oder die Vögel erzählt?«

»Du weißt doch, Isa, dass es nicht ganz so einfach ist.«

»Ja, ich weiß. Es ist nicht immer alles vorhersehbar, nicht wahr?«

»Manchmal hat man Glück und man darf die Dinge im Vorhinein erahnen und manchmal irrt man sich«, stellt er trocken fest.

Sie setzen sich und sehen eine Zeitlang still zu, wie die Sonne langsam weiter aufgeht und die Tiere um sie herum erwachen. Alessio hat eine besondere Gabe. Er kann die Zeichen der Natur erkennen, die auf zukünftige Ereignisse hindeuten.

»Du weißt, dass auch du eine freie Wahl hast, Isa«, gibt Alessio zu bedenken.

Isabella fixiert eine Zeitlang ihre roten Cowboystiefel, während sie nachdenkt.

*Muss ich es tun? Nein, aber etwas nicht zu tun ist auch eine Entscheidung. Darum ist die Frage eine andere: Ob ich es mir verzeihen könnte, nicht das zu tun, was meiner Meinung nach nun zu tun ist.*

Sie hat in dem Fall den Verdacht, dass aus ihrem wunderbaren Domizil der Freiheit plötzlich ein Gefängnis werden könnte. Ein Gefängnis, in dem sie sich immer fragen würde, ob sie nicht vor ihrer Aufgabe geflüchtet ist.

»Ja, Alessio«, sagt sie.

Ein Rotkehlchen nähert sich den beiden, Alessio greift in eine Seitentasche seines abgewetzten Sakkos und nimmt einige Brotkrumen heraus, die er dem Rotkehlchen zuwirft. Es beobachtet ihn kurz, bevor es sich misstrauisch an die Krumen heranwagt und sie Stück für Stück aufpickt.

»Deine Wahl ist also zu gehen?«, fragt Alessio.

»Ja«, antwortet sie.

Alessio nickt.

»Was meint eigentlich dein Herz, Isa?«

»Hätte ich dich angerufen, wenn es widersprochen hätte?«

»Wahrscheinlich nicht.«

»Was sagt dir die Natur, Alessio?«

Ein Klappern ertönt im hinteren Bereich der Farm und deutet darauf hin, dass eines der Tiere Hunger hat und nichts zum Fressen gefunden hat. Das Rotkehlchen schnappt sich noch schnell einen Brotkrumen, breitet die Flügel aus und fliegt davon. Alessios Blick folgt ihm und Isabella weiß nicht so recht, ob sie Traurigkeit oder Freude darin lesen kann.

»Die Natur sagt, dass alles frei ist - egal ob jemand bleiben möchte oder ob ihn der eigene Weg woanders hinführt.«

*Ja, bleiben oder weitergehen.*

Isabella denkt an die vielen Gespräche, die sie mit Alessio schon geführt hatte und wie alles begann.

*

Sie war aus Liebeskummer aus dem Haus ihrer Familie in Sizilien weggelaufen, wo sie wie gewöhnlich ihre Semesterferien verbrachte. Sie wollte weg, einfach nur fort von diesem Schmerz. Dabei hatte sie vergessen, dass er bei ihr blieb, wo auch immer sie hinlief, weil er ein Teil von ihr war. Als sie erschöpft durch die Landschaft stolperte, wurde es langsam Abend und die Schatten wurden länger. Da fiel ihr auf, dass sie es an diesem Tag nicht mehr nach Hause schaffen würde. Zum Glück entdeckte sie die kleine Scheune. Sie schlich näher heran, während sie sich nach allen Richtungen umsah. Doch es war niemand zu sehen und die Tür war offen. Sie konnte nicht viel erkennen, fand aber zumindest eine Leiter, die sie auf einen Heuboden führte. Dort machte sie es sich bequem und war kurz davor einzuschlafen.

»Komm raus!«

Der Ruf erschreckte sie so sehr, dass ihr fast das Herz stehen blieb, doch sie schwieg. Durch einen Spalt in den Brettern des Bodens konnte sie einen Schatten erkennen. Er hatte einen Hut auf und lehnte in der Tür. Der Schatten wirkte nicht bedrohlich, eher gelassen und vielleicht selbst etwas angespannt. Dennoch hielt sie die Luft an und hoffte, dass er wieder verschwinden würde und sie die Nacht hier in Ruhe verbringen könnte.

»Nun komm einfach raus, ich tu dir schon nichts.«

Sie schwieg weiter, doch er schien fest entschlossen zu sein, solange auszuharren bis sie sich zeigte. Also folgte sie schließlich ihrer Intuition und antwortete:

»Woher wollen Sie wissen, dass ich hier bin?«

»Mal abgesehen davon, dass ich dich hier habe herumschleichen sehen, bevor du dich in meiner Scheune verdrückt hast, redest du gerade mit mir. Das ist etwas kontraproduktiv, wenn du versuchst, mich davon zu überzeugen, dass du nicht hier bist.«

»Du meinst, ich sollte mich besser nicht mit dir unterhalten?«

Er lachte.

»Du kannst gern da oben bleiben, ich mache mir jetzt allerdings etwas zu essen. Sollte dich das Rumschleichen hungrig gemacht haben, kannst du mir ja Bescheid geben, wenn du es dir anders überlegst. Ansonsten wünsche ich dir viel Erfolg mit der Krähenmutter, die da oben ihre Jungen vor dir beschützen will.«

*Wovon redet der denn da?,* fragte sich Isabella.

Im selben Moment vernahm sie ein empörtes Krächzen. Dort im Halbdunkeln konnte sie ein kleines Nest mit vier Küken ausmachen und zudem einen ausgewachsenen Vogel, der sie wütend anfunkelte. Es wirkte, als würde er sich gleich auf sie stürzen wollen. Dabei strahlte das Tier eine solche Angriffslust aus, dass kein Zweifel blieb, dass es ihm egal war, wie viel größer ihr Gegenüber war. Sie hatte wenig Lust, sich mit dieser kampfbereiten Krähe anzulegen. Darum rutschte Isabella ein Stück weiter weg und auf die Leiter zu.

»Hier sind Vögel.«

»Ja, hab' ich dir das nicht gerade gesagt?«

»Und was soll ich jetzt tun?«

»Wie wäre es mit runterkommen und dann entscheiden, ob du bleiben oder gehen willst?«

»Hab' ich denn eine Wahl?«

»Wir haben immer eine Wahl. Die Frage ist nur, ob wir die Verantwortung akzeptieren, das zu wählen, was für uns der richtige Weg ist.«

»Klugscheißer!«

Sein Lachen begleitete sie den ganzen langen Weg die Leiter nach unten, die sie mit zittrigen Füßen ertastete, während sie versuchte, genügend Abstand zum Muttervogel zu halten. Die Krähe beobachtete sie genau, krächzte ihr hinterher und war definitiv nicht zu Scherzen aufgelegt.

Als sie unten angekommen war, sah er ihr tief in die Augen. Er war nicht viel älter als sie und es lag eine Freundlichkeit in seinem Blick, die sie nicht erwartet hatte. In seinen Augen blitzte etwas auf. Als würde er in ihr etwas wiedererkennen, das er selbst gut genug kannte.

»Du siehst aus, als wäre das heute nicht dein Tag. Vielleicht einen Kakao zum Abendessen?«

Isabella nickte. Kakao klang perfekt.

Schließlich entschied sie sich zu bleiben. Zuerst nur für diesen einen Abend, an dem sie erfuhr, dass der Name des freundlichen Mannes Alessio war und sie in die Scheune auf seinem Land geklettert war. Später für immer.

*

Langsam kommt Isabella wieder aus ihrer Erinnerung zurück.

»Danke, dass du mich damals aufgenommen hast.«

Alessio blickt noch immer dem Rotkehlchen hinterher, dann wendet er sich ihr zu.

»Was hätte ich denn sonst tun sollen?«

»Mich vom Hof jagen, vielleicht?«

»Ach was, du warst meine Rettung - auf deine Art und Weise. Das wusste ich bereits.«

»Du wusstest es?«

»Ja.«

Er zeichnet mit den Fingern die Form der Landschaft nach.

»Wenn man ganz genau aufpasste, konnte man es im Land sehen, im Wind hören und auf der Haut spüren. Du kamst nicht unangekündigt.«

»Weißt Du eigentlich, dass ich nie weiß, ob du mich veräppelst, wenn du sowas sagst?«

Wie früher scheint wieder etwas in seinen dunklen Augen zu blitzen, aber diesmal ist es vor allem Humor.

»Ach, ich glaub, du weißt das ziemlich genau.«

Sie wiegt ihren Kopf nachdenklich hin und her.

»Vielleicht.«

»Das ist doch gut genug.«

Gemeinsam betrachten sie noch eine Weile schweigend die Farm.

»Es wird Zeit, Alessio.«

»Ja... Ich werde dich hier vermissen.«

Kurz überkommt Isabella ein Gefühl der Verwirrung. Es ist untypisch für ihn, so etwas zu sagen. Aber vielleicht haben sie auch nur zu lange Haus an Haus gelebt, sodass es noch nicht gesagt werden musste.

»Es ist nur für ein paar Tage.«

Stille macht sich breit und sie fragt sich, ob er mehr weiß, als sie. Ob er in der Landschaft etwas lesen kann, was ihr derzeit noch verborgen bleibt.

»Komm, Isa, geh packen.«

Ohne ihm zu antworten steht Isabella auf und holt ihren fertig gepackten Koffer aus dem Haus.

Alessio schmunzelt.

»Da warst du mir wohl voraus. Brauchst du noch was?«

»Viel Glück vielleicht? Ich habe eigentlich keine Ahnung, was genau da los ist.«

Alessio lacht.

»Willkommen im Club, meine Liebe – wenn das Gefühl da ist, das etwas getan werden muss, dann liegt es an uns, darauf zu hören.«

Isabella nickt, geht zu Alessio und gibt ihm einen Kuss auf die Lippen.

»Pass auf dich auf.«

Alessio sieht sie an und in seinen Augen liegt eine ungewohnte Traurigkeit.

»An manchen Tagen ist es schwieriger als an anderen – nicht wahr?«, sagt Alessio und es klingt mehr nach einer Feststellung, als nach einer Frage.

»Ja«, Isabella lächelt traurig, nimmt ihr Gepäck und macht sich dann auf den Weg zu ihrem Auto.

»Verdammt, ich sag's dir, wehe du hast keinen guten Grund mich hier wegzuholen«, murmelt sie, während sie den Kopf zum Himmel hebt und sich langsam auf den Weg ins Ungewisse begibt.

# 6.

Stetig schnippst das Universum mit seinen Fingern. Kleine Vögel entstehen bei jeder Berührung der Finger und wenn das Geräusch des Schnipsens erklingt, steigen sie in die Luft.

Es betrachtet dabei die Sanduhr, die jetzt in der Luft schwebt. Ein geringfügiger Teil des goldenen Sands ist bereits durchgelaufen und hat einen kleinen Hügel am Boden des unteren Glases gebildet. Wie schon andere zuvor zeigt auch dieses Stundenglas an, wann der richtige Moment für Angelica gekommen ist, den nächsten Schritt zu tun. Manchmal liegt es allerdings nicht nur an ihr einen Schritt zu tun. Das Universum denkt an die vielen Stundengläser in den unzähligen Lebensgängen der Menschen. In allen rinnt der Sand stetig nach unten, bis auch in ihren Leben ein besonderer Moment ansteht, in dem sie die Möglichkeit haben, einen wichtigen nächsten Schritt zu gehen

Manchmal ist jedoch nicht nur ein Schritt, sondern eine ganze Kaskade an Schritten zu einzigartigen Zeitpunkten nötig, um etwas Großes zu bewirken. Denn einige Veränderungen können nur stattfinden, wenn die passenden Voraussetzungen dafür gegeben sind.

Es ist wie bei einem jungen Spross, der einmal zu einem großen Baum werden soll. Es müssen sich zuerst die Wurzeln ausbilden, damit der Stamm trotz seines nach oben sprießendem Wachstums genügend Stabilität bekommt und im Fall der Fälle auch einem stärkeren Wind trotzen kann. Ansonsten kann das Wachstum zwar in Gang gebracht werden, aber das Ergebnis ist nicht das, was man sich wünscht, weil das ganze Gefüge äußerst instabil ist. Dann kann es nicht den kleinsten Windstoß aushalten.

So ähnlich ist es mit den Veränderungen. Sie müssen zur passenden Zeit geschehen und die Umgebungsbedingungen müssen günstig sein, damit etwas Neues aus dem Alten erwachsen kann. Nur so erhält die Veränderung genügend Stabilität, um nicht wieder zusammenzubrechen wie ein Baum ohne starkes Wurzelwerk bei einem heftigen Sturm.

»Ist es denn wirklich schon soweit, dass diese Veränderung geschehen kann?«, grübelt das Universum.

*Doch es sieht gut aus,* denkt es und erinnert sich an das Netz aus Licht, das von dem Buch ausging und an seine Helligkeit, die es blendete.

Dann lacht es plötzlich über sich selbst.

Es klatscht in die Hände und öffnet sie. Ein verwirrendes Bild aus sich bewegenden und ineinander verschlungenen bunten Linien breitet sich vor ihm aus, wie eine lebendige Landkarte, die in ständiger Bewegung ist.

*Als wären die Wege der Menschen vorhersagbar. Von wegen! Doch ab und zu müssen die Dinge eben aufeinander abgestimmt sein.*

»Hoffentlich schaffen sie das«, murmelt das Universum.

# 7.

Der alte blinde Mann wacht auf und streckt sich. Dabei stoßen seine Füße an einige Gartengeräte, die mit einem Klirren umfallen. Er hält inne.

Er hat lange Zeit am Meer verbracht und war die Weite und die Freiheit so sehr gewöhnt, dass er hier in dieser Hütte schnell Platzangst bekommt. Er atmet tief durch und erinnert sich daran, wie er den langen Weg vom Strand in Lissabon auf sich nahm, um wieder in seine Heimat Wien zurück zu kommen.

Er machte sich auf die Reise, weil das Universum es ihm aufgetragen hatte. In seiner Zeit am Strand hatte er gelernt mit dem Universum zu kommunizieren und so erhielt er diesen Auftrag. Er erschien ihm äußerst rätselhaft, aber wie viele Male davor vertraute er der Stimme des Universums.

Später stellte sich heraus, dass er Angelica dabei helfen sollte, mehr auf ihr Herz zu hören und er deswegen nach Wien gekommen war. Nun hat er allerdings auch die Möglichkeit bekommen, seine Frau für sich wieder neu zu gewinnen und alte Wunden zu heilen. Auch wenn das vielleicht mehr Zeit brauchen wird, als Angelica zu helfen.

*Gibt es dafür überhaupt Hoffnung?*, fragte er sich im Stillen.

Er hat sich schließlich vor langer Zeit still und heimlich auf und davon gemacht, weil er meinte, in einer ausweglosen Situation zu sein und darum sein Leben beenden wollte. Seine stetig zunehmende Blindheit führte dazu, dass er den Bankrott seines Geschäftes nicht verhindern konnte und somit außerstande war, seine Familie aus eigener Kraft zu ernähren. Er fühlte sich wertlos. Daher machte er sich auf, sein Leben zu beenden, doch er hatte die Rechnung ohne das Universum gemacht. Als er am Meer ankam, offenbarte sich ihm das Universum und seitdem führt es ihn durchs Leben. Eines Tages sagte es ihm, er solle sich nach Wien aufmachen und so ist er nach Jahren des stillen Zwiegesprächs mit dem Universum am Meer, wieder zu Hause gelandet.

Nun ja, fast zu Hause. Er schläft in der Gartenhütte hinter dem Haus, das er damals mit seiner Frau gekauft hatte. Er fragt sich, ob ein Wunder ihn wieder zurück in das Herz seiner Frau bringen konnte. Dann muss er grinsen. Immerhin hat er schon einige Wunder erlebt.

Kurz darauf gefriert sein Gesichtsausdruck, als ihm klar wird, dass er das Geschehen von Wundern nicht beeinflussen kann. Es gibt Wunder und sie geschehen um ihn herum tatsächlich öfter als bei anderen Menschen – doch sie sind nicht vorhersagbar. Dennoch der feste Glaube kann helfen eines anzuziehen.

*Was soll ich jetzt tun?*

Er versteht, dass seine Frau ihm nicht so einfach verzeihen kann und dennoch ist er fest entschlossen, um sie zu kämpfen. Denn er liebt sie noch immer und er ist überzeugt, dass da, wo die Liebe ist, auch immer ein Weg ist. Somit besitzt er einen starken Glauben an eine wundersame Wiedervereinigung.

Vorsichtig steht er auf, tastet sich zur Tür und öffnet sie. Frische Luft kommt von draußen herein und er streckt sich erneut. Dann macht er ein paar zögerliche

Schritte hinaus. Trotz seiner Blindheit kann er durch sein Herz viel wahrnehmen. Es führt ihn und zeigt ihm die Umgebung auf seine eigene Art und Weise. Dass er mit dem Herzen sehen kann, war eines der Wunder, die ihm durch die Unterhaltungen mit dem Universum am Meer geschehen waren. Wie so oft ist er dankbar für dieses Wunder, weil er durch sein Herz soviel mehr wahrnehmen kann, all er es durch seine Augen je konnte.

Im Garten erkennt er vieles Altvertrautes, aber auch einiges, das ihm neu ist. Mit etwas Wehmut stellt er fest, dass in seiner Abwesenheit die Zeit nicht stehen geblieben ist. Neue Pflanzen sind gewachsen, alte, die er gepflanzt hatte, sind verschwunden und das Haus wirkt, als sei es vor einiger Zeit neu gestrichen worden.

Die Wasserleitung für den Garten ist noch immer dort, wo er sie vor langer Zeit eingebaut hatte, um die Blumen zu wässern und so geht er darauf zu, um sich zu erfrischen.

Anschließend breitet er sein Herz aus. Er glaubt im innersten des Hauses das Herz seiner Frau wahrzunehmen, die gerade mit Aufräumen beschäftigt ist. Bei seinem ersten Auftauchen nach seiner Rückkehr hatte sie ihn nicht ins Haus gelassen und das konnte er gut verstehen. Er betrachtet sie eine Zeitlang und schickt dann all seine Liebe durch sein Herz zu ihrem.

*Auch wenn manche Dinge ihre Zeit brauchen, kann man immer die Liebe auf den Weg schicken.*

Er erwartet keine Reaktion. Er ist sich im Klaren darüber, dass sie es vermutlich nicht wahrnimmt und doch macht er es, weil Liebe oft auf ihre eigene Art und Weise dennoch wirken kann.

Dann macht er sich auf, um nach einer Idee zu suchen, wie er seine Frau wieder für sich gewinnen kann.

*Wie alles im Leben, beginnt auch diese Reise mit dem ersten Schritt,* stellt er für sich fest und hofft dabei, den Weg einzuschlagen, der ihn zum Herzen seiner Frau zurück führt.

»Blumen, ich glaube ich brauche wirklich eine ganze Menge Blumen«, murmelt er.

Nicht, dass sie das Problem beheben würden, aber es gibt ihm die Möglichkeit seiner Liebe Ausdruck zu verleihen, ohne dafür mit ihr zu reden. Auch wenn er ihr gerne von seiner Liebe erzählen möchte, seine Frau spricht momentan noch nicht mit ihm.

# 8.

Als Angelica aufwacht, fühlt sie sich zwiegespalten. Wenn sie ehrlich ist, verfolgt sie dieses Gefühl der Zwiespältigkeit schon, seitdem sie wieder in Wien ist. Sie hadert damit Anzukommen und sich wieder ganz auf ihr zu Hause einzulassen, weil sie fast schon wieder dabei war aufzubrechen, um ihr Praktikum in Lissabon zu beginnen. Einerseits fehlt ihr zu Hause auch ihre übliche Umgebung mit den dazugehörigen Menschen. Die Schule war vorbei und sie hatte außer ihren besten Freund Theo noch keinen ihrer ehemaligen Mitschüler wiedergesehen, seitdem sie wieder hier angekommen ist.
Andererseits hatte sie letzte Nacht dieses abenteuerliche Gespräch mit Marius über ihre Träume. Es erinnerte sie an die vielen wunderbaren Gespräche auf ihrer Reise und verstärkte so das Sehnen wieder aufzubrechen.

Leider brachte sie dieses Gespräch nicht weiter, aber es beruhigte sie zumindest etwas. Alleine die Möglichkeit mit jemanden über ihre Träume zu reden, dem sie vertraute, war hilfreich. Die Begegnung mit ihrer Mutter hingegen, hat Angelica wieder aufgewühlt. Zum einen deshalb, weil Renate sie wieder mit dem Thema des Studiums konfrontierte, aber zum anderen auch deshalb, weil sie sich durch ihre Mutter so leicht von dem ablenken ließ, was sie eigentlich wirklich von ihr wollte. Das Buch.

*Da steckt doch mehr dahinter! Nur was?*

Entschlossen steht sie auf und geht nach unten, um mit ihrer Mutter darüber zu reden, doch das Haus ist leer. Ihre Eltern sind offensichtlich zur Arbeit gegangen. Als Medizinerin wechseln die Schichten regelmäßig und daher ist es für Angelica nicht immer einfach vorherzusagen, wann ihre Eltern zu Hause sind und wann nicht, wenn sie kein Gespräch mit ihnen darüber geführt hat.

»Vielleicht ist das auch besser so mal ein wenig allein zu sein«, stellt sie ein wenig erleichtert fest. Sie macht sich einen Kaffee mit der kleinen in die Jahre gekommenen Espressokanne, die eine der sizilianischen Marotten ihres Vaters war, von der er schwört, dass er ohne sie nicht auskommen würde.

Am Frühstückstisch mit dem warmen Getränk in der Hand sieht sie durch das Fenster ins Freie. Hier saß sie mit ihrem Vater und sprachen darüber, was sie auf Reisen alles beachten musste. Es war alles ganz anders gekommen, als sie es sich vorgestellt hatte: Marlena die Zauberin im Zug, Tante Isabella und ihre Farm, der Leuchtturmwärter und sein Enkel in den Niederlanden. Sie hatte einige ungewöhnliche Menschen getroffen, die ihr so einiges über das Leben erzählten und langsam wurde sie dadurch ein Stück klarer in ihrem Bestreben. Auch wenn sie nicht weiß, wohin es sie führen würde, hatte sie zumindest eine Entscheidung für den nächsten Schritt getroffen.

Sie wird ein Praktikum antreten bei Elliot, dem Geschäftsmann, den sie am Flughafen getroffen hatte. Kein Studium - zumindest vorerst.

*Apropos Elliot, mit ihm muss ich die Tage auch noch sprechen, um die Details zu klären.*

Es läuft ihr noch immer ein kalter Schauer über den Rücken, wenn sie darüber nachdenkt, wie das Buch des Universums und ihr Herz sie überzeugt hatten, einfach bei ihm anzurufen und ihn um eine Arbeit zu bitten. Dass er wirklich gleich zugesagt hatte, kam ihr höchst ungewöhnlich vor.

*Wahrscheinlich war er darüber genauso irritiert wie ich.*

Genau in diesem Moment vibriert ihr Handy. Kurz erschrickt sie. Sie hofft, dass es nicht Elliot ist. Bei all den interessanten Zufällen auf ihrer Reise, hätte es sie kaum verwundert. Zum Glück war es Theo, einer ihrer Lieblingsmenschen. Von ihm hatte sie nichts mehr gehört, seit sie ihn zur Nachprüfung begleitete.

*Wie es ihm wohl ergangen ist?*

»Hey Angelica, na wie geht's dir?«

»Gut, hast du die Nachprüfung geschafft?«

»Klar, was hast du gedacht?«

»Natürlich nichts anderes«, schmunzelt Angelica.

»Sehr gut! Hast du Lust, heute abzuhängen?«

»Klar, wo und wann?«

»Ein paar aus der Klasse treffen sich um siebzehn Uhr am Pötzleinsdorfer Schlosspark. Wir können ja mal vorbeischauen.«

»Klingt gut.«

Auch wenn sie mit ihrem Kopf noch immer irgendwie auf Reisen war, freut sie sich, die anderen wiederzusehen.

»Ähm ja, kleine Warnung: Clara wird auch da sein.«

Oh Mann, Clara. Das kann was werden. Ihre ehemals beste Freundin. Die beiden haben schon seit Monaten Krach und das wegen einem kindischen Kuss zwischen ihr und Theo und ihrer Unfähigkeit danach, wieder zueinander zu finden. Dabei waren

Theo und sie nie zusammen gewesen und trotzdem redet Clara seitdem kaum noch mit ihr.

Kurz hat sie den Eindruck, dass Theo ihr noch was sagen will. Doch dann verabschiedet er sich mit einem:

»Lass uns am Abend über all die Neuigkeiten quatschen, die du verpasst hast.«

Angelica wundert sich etwas über die Aussage, geht aber nicht näher darauf ein.

Nachdenklich trinkt sie ihren Espresso zu Ende und macht sich auf den Weg nach draußen. Es zieht sie auf den Kahlenberg, zu ihrem Lieblingsplatz, wo sie ihre Gedanken immer gut ordnen kann.

Seitdem sie wieder zurück ist, geht es irgendwie nicht körperlich, aber dafür emotional weiterhin ziemlich rund, stellt sie unterwegs fest. Zuerst die Sache mit ihrer Mutter, das Treffen mit Marius und nun steht auch noch ein Wiedersehen mit Clara an. Auf Reisen hatte sie diese Spannungen mit ihrer Mutter und ihrer ehemals besten Freundin zumindest nicht.

Oben am Kahlenberg angekommen, blickt sie sich um. An ihrem Lieblingsplatz, der kleinen Mauer hinter dem Brunnen mit den vielen bunten Schlössern, ist heute zu viel los. Hier versammeln sich gerade eine

Menge Touristen, um die tolle Aussicht an diesem strahlenden Sommertag zu genießen. Darum entscheidet Angelica einen der vielen Seitenwege zu nehmen, der zu einer weiteren Anhöhe führt. Dort setzt sie sich nieder und lässt ihren Blick über die Felder streifen.

»Hallo Angelica.«

Heute ist sie nur noch milde überrascht, als sie seine Stimme hört.

»Marius!«

»Sag mal, wie machst du das?«

Er schmunzelt.

»Ich versuche den Ort zu finden, an dem ich zu einer bestimmten Zeit sein soll. Es ist nicht immer einfach, aber es hat seine Vor- und Nachteile, mit dem Universum verbunden zu sein.«

»Was sind die Nachteile?«

»Zum Beispiel weißt du nie, wohin dein Weg dich hinführt.«

»Und die Vorteile?«

»Mit etwas Glück gehen deine Wünsche in Erfüllung, aber manchmal ändern sich diese auch auf dem Weg.«

»Klingt nicht nach einem großartigen Vorteil, wenn man das was man erreicht hat, dann plötzlich gar nicht mehr so wichtig ist.«

»Tja, vielleicht hast du da recht.«

Eine Zeitlang betrachten die beiden die Spaziergänger, die an ihnen vorbeikommen.

»Das Universum«, murmelt Angelica.

Marius hebt überrascht eine Augenbraue.

»Hattest du denn damit schon Kontakt?«

»So ähnlich, ich hatte mal ein Buch mit dem Titel ›Das Universum und ich: eine Liebesgeschichte‹.«

»Und hast du‘s gelesen?«

»Ich bin nicht sehr weit gekommen, bevor ...«

»Bevor?«

»Bevor es meine Mutter mir wieder weggenommen hat.«

»Wieso hat sie das getan?«

»Keine Ahnung, vor allem, weil sie es war, die es mir ursprünglich gegeben hat.«

»Vielleicht solltest du sie fragen.«

»Das gestaltet sich gerade schwieriger als gedacht, Marius. Sie nimmt es mir ziemlich übel, dass ich nicht studieren gehe, sondern lieber ein Praktikum mache.«

»Manchmal ist es schwierig zuzusehen, wie Menschen, die einem am Herzen liegen, einen Weg gehen, den man selbst nicht für passend befindet.«

»Ja, aber ich denke, dass mein Weg gut für mich ist und es hilft mir gerade auch nicht, dass sie sich so dagegen wehrt.«

Frustriert schüttelt Angelica den Kopf und wechselt das Thema:

»Wie läuft es mit deiner Frau? Hast du da mehr Erfolg?«

Marius greift neben sich und hält Angelica einen wilden Strauß an gepflückten Blumen hin. Dabei scheint er offensichtlich nicht ganz darauf geachtet zu haben, was er alles pflückt, denn auch einige sehr hohe Gräser und nicht besonders hübsche pflanzliche Artgenossen haben sich zu den schönen Wildblumen hinzugesellt.

Angelica schmunzelt.

»Darf ich mal kurz?«

Sie nimmt ihm den Strauß aus der Hand und sorgt dafür, dass alles wegkommt was von den schönen Blumen ablenkt. Dann gibt sie ihm den Strauß wieder zurück. Seine Finger zittern, als er die Blumen wieder umfasst.

»Danke.«

»Das ist nicht einfach für dich, oder?«

»Wäre es das für dich, wenn du nach einigen Jahren wieder zurückkommst und, dich der Person stellen musst, die du am meisten verletzt hast? Ich versuche mit einer geringen Chance die Liebe meines Lebens wieder zurückzugewinnen, nachdem ich sie im Stich gelassen habe.«

Angelica schweigt.

Ihr fällt Clara wieder ein. Auch wenn sie nicht die Liebe ihres Lebens ist, war sie ihre beste Freundin und somit für lange Zeit einer der wichtigsten Menschen in ihrem Leben.

*Vielleicht sollte ich nochmal versuchen, den Streit mit ihr zu klären, bevor ich wieder weggehe?*

»Ach und bevor ich es vergesse: Noch dazu bin ich blind. Nicht gerade ein Bonus für viele Menschen«, setzt Marius hinterher und holt Angelica aus ihren Gedanken wieder zurück.

»Ja, aber du scheinst dafür eine andere Art des Sehens entwickelt zu haben, sonst könntest du mich nicht immerzu finden.«

»Da ist was dran. Weißt du Angelica, wir Menschen sind nicht in allen Dingen gleich geschickt. In der einen Sache ist man erfolgreich und gleich bei der nächsten Sache, die gar nicht so weit weg von der ersten zu sein scheint, hat man schon plötzlich keine Ahnung mehr, wie man es angehen soll.«

«Ja, so geht es mir mit meinen Träumen.«

»Was wirst du mit ihnen machen?«

Sie seufzt.

»Keine Ahnung, hast du eine Idee?«

Der alte Mann schweigt und scheint in sich selbst versunken zu sein. Dann stiehlt sich ein Lächeln auf seine Lippen.

»Nichts.«

»Nichts?«

»Ja, manche Dinge klären sich von alleine. Es ist der Lösungsweg, der vielen Menschen am schwersten fällt. Die Dinge einfach mal gut sein lassen. Wenn es wirklich so wichtig ist, dann wird sich die Sache von selbst finden. Das Unterbewusstsein hat seine Wege sich bemerkbar zu machen. Keine Angst. Allerdings ...«

»Ja?«

»Der Sache mit dem Buch würde ich auf den Grund gehen. Wenn ich eines gelernt habe, dann dass das Universum oftmals nicht ohne Grund in das Leben der Menschen kommt. Außerdem scheint dir das Buch doch am Herzen zu liegen.«

Angelica nickt und der alte Mann steht unbeholfen auf und klopft sich die Hose ab.

»Wenn du mich nun entschuldigst, ich habe eine Verabredung mit meiner Frau – auch wenn sie nichts davon weiß.«

»Ich drück dir die Daumen.«

»Danke, dir. Ich glaube ich kann gerade alles Glück der Welt gebrauchen.«

Noch lange denkt Marius auf seinem Nachhauseweg an Angelica und ihr Gespräch. An das Buch des Universums und an ihre Träume. Er vertraut darauf, dass das Universum und ihr Herz Angelica Schritt für Schritt dabei helfen werden, den richtigen Weg zu finden, auch wenn sie selbst damit ab und zu noch hadert.

*Und wenn es darüber hinaus noch Hilfe braucht, bin ich ebenfalls da. So wie jetzt gerade. Oder haben wir uns beide gegenseitig gerade nicht unterstützt?!*

Er denkt an ihre Hilfe mit den Blumen und lächelt.

Wenn das Universum dafür sorgen kann, dass zwei Menschen glücklich werden, warum soll es sich dann damit zufriedengeben, dass nur einer etwas von der Begegnung hat?

*Ich mag das Universum in seiner unergründlichen Weisheit,* stellt er zufrieden in Gedanken fest. *Man muss nur akzeptieren, dass manche Rätsel nicht immer gleich gelöst werden, dann kann man das Abenteuer des Lebens genießen.*

Beim Haus angekommen, öffnet er die Gartentür und legt die Blumen für seine Frau sorgsam auf die Stufen davor. Als er mit dem Arrangement halbwegs zufrieden ist, geht er zur Gartenhütte, um sich etwas auszuruhen. Mit den Gedanken noch immer bei seiner Frau, stolpert er in der Hütte über etwas am Boden. Er bückt sich hinab und seine Finger berühren die Saiten seiner Gitarre. Ein Lächeln breitet sich auf seinem Gesicht aus, als er seinen alten Freund wiedererkennt.

*Vielleicht ist ja die Musik der Weg, wie ich sie wieder zurückgewinnen kann. Schon oft haben die Noten die Herzen der Menschen berührt und ihnen neuen Wege eröffnet.*

Bei diesem Gedanken breitet sich ein Funke Hoffnung in ihm aus. Er setzt sich ins Gras, schließt die Augen und sucht nach den Noten, die ihn so lange begleitet haben. Jene Musik, die in den Sternen geschrieben steht.

Doch er ist angespannt und obwohl er sucht, findet er nichts. Keine einzige Note scheint sich heute vor ihm aufzutun. In ihm ist nur Stille. Keine angenehme Stille der Ruhe, sondern eine Leere ohne Inhalt. Nervös beginnt er auf die Gitarre zu trommeln. Das war ihm schon lange nicht mehr passiert, aber er hatte auch selten so verzweifelt darauf gehofft wie jetzt. Er wollte ein Lied spielen, welches das Herz seiner Frau berühren würde. Aber nun ist es ihm, der schon für so viele fremde Leute gespielt hat, nicht möglich ein Lied

zu spielen für den einen Menschen, den er so sehr liebt.
Lange bleibt er still sitzen und horcht auf die ausdruckslose Stille. Er fragt sich, ob er jemals wieder die Möglichkeit haben wird mit seiner Frau zusammen zu sein. Doch er erhält keine Antwort, weder aus seinem Herzen heraus, noch aus dem Universum.

Schließlich kommt er sich etwas nutzlos vor hier direkt vor der Haustür und er möchte sie auch nicht belagern. Also steht er auf und macht sich auf den Weg zurück in die Gartenhütte.

Dort angekommen, hört er das Geräusch einer sich schnell schließenden Tür hinter sich und er ist sich fast sicher, dass seine Frau die Blumen an sich genommen hat. Bei diesem Gedanken zeigt sich ein Lächeln auf seinem Gesicht.

*Vielleicht ... aber nur vielleicht gibt es doch eine Chance. Wenn ich nur die Noten finden könnte.*

# 9.

Bei der Arbeit im Krankenhaus ist Renate heute unkonzentriert. Sie muss sich mehrmals aus ihren Gedanken um ihre Freundschaft mit Isabella und das Buch des Universums in die Realität zurückholen, damit sie keine Fehler macht. Schließlich hat sie es geschafft und ihre Schicht ist überstanden.

Gegen Mittag ist sie zu Hause und als sie es leer vorfindet, atmet sie erleichtert auf. Sie ist froh nun etwas Zeit für sich zu haben. Gedankenverloren macht sie sich einen Salat, setzt sich auf einen Sessel in den kleinen Garten und isst. Lange sieht sie auf die grüne Wiese.

Dann tauchen die Erinnerungen wieder auf. Es ist als würde sie einen alten Film sehen, den sie in letzter Zeit nur noch selten abgespielt hatte und der sich erst wieder neu zusammenfügen muss.

*

Einige Tage nach ihrem ersten Besuch zog es sie wieder zurück in das Antiquariat, in dem sie mit dem jungen Mann dieses eigenartige Gespräch geführt hatte. Besonders seine Aussage, dass ein Buch auch ein Wegbegleiter werden könnte, faszinierte sie. Auch wenn ihr Weg für sie bereits mehr als klar war: sie würde eine erfolgreiche Internistin im größten Krankenhaus Wiens werden, so einfach war das. Es war schon immer ihr Wunsch - eine Facharztstelle im Krankenhaus war gesichert und im Gegensatz zu vielen ihrer anderen Studienkolleginnen hatte sie das Glück, nur eine kurze Zeit warten zu müssen, bis es beruflich weiterging. Sie sollte bereits in drei Monaten starten. Ihr Weg lag also perfekt vor ihr ausgebreitet. Trotzdem fand sie die Idee eines Wegbegleiters für Abenteuer interessant. Wahrscheinlich zog sie es deshalb wieder zurück in dasselbe Geschäft wie das letzte Mal. Außerdem tat es ihr auch ein wenig leid, dass sie etwas ruppig mit dem Besitzer umgegangen war.

Sie öffnete die Tür des Antiquariats und blickte sich bedacht um. Außer ihr war sonst niemand im Raum und so genoss sie die Stille, während sie all die alten überquellenden Regale betrachtete. Sie fragte sich, wem diese Bücher schon alles gehört hatten und was sie im Stillen schon alles mitbekommen hatten. Sie mochte den Gedanken, dass Bücher vielleicht stille Beobachter waren, die Menschen zur richtigen Zeit unterstützten und so zu Wegbegleitern wurden. Langsam glitt ihr Blick nach oben in den ersten Stock des Antiquariats, zu dem eine Wendeltreppe hinaufführte. Dort befand sich eine Art Balkon mit einem Geländer aus dunklem Holz, der wie eine Balustrade, einmal um das gesamte Obergeschoss herumführte. Sie drehte sich im Kreis und ließ all die Bücher vor ihren Augen vorbeischwirren.

*Was haben sie wohl schon alles erlebt*?, fragte sie sich in Gedanken, während sie ihre kreisende Bewegung fortführte und die Buchrücken allmählich zu einem Gemisch aus unterschiedlichen Farben verschwammen.

»Oh, kann ich Ihnen helfen?«, hörte sie plötzlich eine Stimme und hielt mitten in ihrer Drehung inne. Es dauerte einen kurzen Moment, bevor die Welt vor ihren Augen wieder zur Ruhe kam.

Fast musste sie kichern, als sie den jungen Mann wiedersah.

»Ich glaube noch immer nicht. Darf ich mich nochmal umsehen?«, fragte Renate.

»Ähm natürlich, waren Sie schon mal – ach stimmt Sie waren schon mal da vor einigen Tagen, oder?«

Sie schmunzelt: »Ja, Sie haben erzählt, Sie verkaufen nicht nur Bücher, sondern auch Wegbegleiter.«

Er sah sie ernst an: »Manchmal können sich auch solche bei mir befinden, das kann schon sein. Aber wie gesagt, diese besonderen Bücher werden Sie finden und nicht umgekehrt.«

Renate wurde nicht recht schlau aus den Aussagen dieses Mannes.

»Wie soll denn das gehen?«, fragte sie nach. Er winkte ab.

»Sie wären überrascht. Sie finden ihre Wege.«

Renate wusste nicht, was sie dazu sagen sollte, deshalb versuchte sie aus der seltsamen Unterhaltung zu entkommen.

»Ich schaue mich mal genauer um.«

»Natürlich, aber seien Sie bitte vorsichtig. Viele von diesen Büchern haben schon einiges erlebt und sind äußerst empfindlich.«

*Sind das für ihn eigentlich Lebewesen oder Bücher?*

»Wahrscheinlich beides«, stellte sie leise murmelnd fest, als sie sich umdrehte, um das erste Exemplar aus dem Regal zu nehmen.

»Haben Sie noch etwas gesagt?«

»Ähm ja, darf man da hinaufgehen?«.

Sie deutete dabei auf die Wendeltreppe, deren Stufen vom Alter bereits Spuren in der Mitte aufwiesen.

Der Inhaber nickte geistesabwesend und so begab sich Renate hinauf in den ersten Stock.

Die nächsten Stunden vergingen wie im Flug. Sie war in die unzähligen alten Bücher eingetaucht, von denen jedes seine eigene Welt enthielt. Teilweise waren es sogar Sprachen, die sie nicht kannte und so konnte sie nur erraten, was in ihnen geschrieben stand. Jedes Buch war eine Welt, der der Autor Monate, vielleicht Jahre seines Lebens gewidmet hatte, um seine Ideen zu Papier zu bringen. Und dann - als der Schriftsteller das Buch fertig geschrieben hatte - ging die Reise weiter. Viele der alten Bücher waren Geschenke und enthielten daher Widmungen.

Sie strich über all die unterschiedlichen Handschriften. Teilweise waren es eher schlichte Aussagen wie: ›Zum Abschluss‹ andere wiederum sagten aus, wie viel ein Mensch einem anderen wohl bedeutet haben muss: ›In Liebe und für immer‹.

In manchen Büchern fand sie beim Durchblättern auch auf den restlichen Seiten handschriftliche Notizen an Stellen, die der Leser als besonders wichtig empfunden hatte.

*Vielleicht gab es ja wirklich Bücher, die Menschen auf ihrem persönlichen Lebensweg begleiteten und ihnen mit Rat und Tat zur Seite standen. Vielleicht.*

Genau in dem Moment, als sie den Gedanken zu Ende gedacht hatte, zog das goldene Glitzern eines Buches ihre Aufmerksamkeit auf sich. Sie ging hin und las den Titel:

»Das Buch des Universums – eine Liebesgeschichte«

Sie musste schmunzeln, weil sie sich fragte, ob da nicht bei jemandem die Fantasie etwas durchgegangen war. Dennoch war sie neugierig, ging auf das Buch zu und holte es aus dem Regal.

*Es fühlt sich gut an.*

Der Gedanke verwunderte sie. Doch dieses Buch fühlte sich tatsächlich irgendwie an, als wäre es wie für sie gemacht und als hätte es nur darauf gewartet, dass sie es endlich in die Hände bekam.

Verwirrt schüttelte sie den Kopf und schlug das Buch auf. Als sie die Worte sah, blieb ihr Herz für einen Moment stehen und sie hielt die Luft an. Auf dem ersten Blatt wurde etwas mit einem Füller hinzugefügt.

*Nein, konnte das wirklich sein?*, schoss es ihr durch den Kopf.

In feinsäuberlicher Handschrift stand dort:

*Liebe Annemarie,*

*Die Liebe des Universums ist fast so stark wie die Liebe zwischen uns.*

*Aber unsere geht noch weit darüber hinaus.*
*Dieses Buch möge dir und unseren Nachkommen ein Begleiter auf der Reise des Lebens sein und mit Rat und Tat zur Seite stehen.*

*In Liebe,*
*Oskar Enderle*

Oskar und Annemarie waren die Namen ihrer Großeltern und Enderle der Nachname, den sie auch heute noch trug.

Verblüfft sah sie auf die geschwungene Handschrift, in der ihr Opa seiner Frau vor Jahrzehnten eine Liebeserklärung gemacht hatte und strich mit den Fingern über die Buchstaben.

*Wie romantisch er war.*

Sie machte das Buch wieder zu und hielt es zufrieden an ihr Herz. Was für einen Schatz, den sie da gefunden hatte. Das musste sie unbedingt Isabella zeigen.

Sie machte sich auf den Weg nach unten zum Inhaber des Antiquariats, der an einem kleinen Tresen versuchte, Ordnung in einen Stapel Rechnungen zu bringen. Als er sie mit dem Buch sah, blickte er auf und ein Lächeln zeigte sich auf seinen Gesichtszügen.

»Na, doch fündig geworden?«

»Ja, es hat glaube ich mal meinen Großeltern gehört.«

»Da schau her und wie haben sie das gefunden? Ist es Ihnen einfach in die Hände gefallen oder wussten sie wonach sie suchten?«

Verwirrt dachte sie über die Frage nach und stellte fest, dass es sie tatsächlich wie von selbst angezogen hatte.

»Also ... Ja...« mehr fiel ihr in diesem Moment nicht ein.

»Tja wie ich schon sagte, manche Bücher suchen sich die Menschen aus, die sie gerne begleiten wollen. Seien Sic vorsichtig damit.«

»Wieso denn? Es ist doch nur ein Buch.«

Er hob eine Augenbraue, sichtlich unzufrieden mit ihrer Aussage:

»Es sind nie nur Bücher! Besondere Bücher können einen auf Reisen mitnehmen. Manchmal ist es nur ein Abenteuer in der Welt der Phantasie und manchmal bringen sie auch Veränderungen in unser Leben. Dann kann es schon sein, dass nichts mehr so ist wie es einmal war.«

»Das glauben Sie doch nicht wirklich, oder?«, fragte Renate mit skeptischen Unterton nach. Sie konnte sich nicht zurückhalten, das klang zu absurd.

Ihr Gegenüber schmunzelte.

»Wenn Sie schon so lange mit alten Büchern zu tun hätten, wie ich, würden Sie noch ganz andere Sachen glauben.«

Irgendwas irritierte sie sehr an dem, was der junge Mann zu ihr sagte. Renate mochte ihr Leben wie es jetzt war. Geordnet und mit dem klaren Plan, Ärztin zu werden.

Die Irritation hinterließ ein komisches Bauchgefühl, das Renate durchaus hätte bemerken können, aber wie so oft in ihrem Leben sah sie darüber hinweg. Sie bezahlte das Buch und freute sich auf dem Heimweg schon darauf, ihrer Mitbewohnerin und Freundin Isabella das Buch zu zeigen.

*

»Ihr solltet mal den Rasen wieder düngen.«

Eine ihr bekannte Stimme reißt Renate aus ihren Gedanken und sie dreht sich um. Tatsächlich da steht sie inmitten von Wien - inklusive ihres Cowboyhuts - genauso unwahrscheinlich wie eine plötzlich auftauchende Giraffe. Doch wenn man Isabella kannte, dann wusste man, dass man bei ihr besser mit allem rechnen sollte.

»Isa!?«

Kurz überlegt Renate, ob sie wirklich schon wieder aus ihren Gedanken in die Realität zurückgekehrt ist. Isa sah heute noch genauso aus wie früher, denn sie hatte noch immer diesen unverwechselbaren Kleidungsstil.

»Na hast du jemand anderen erwartet?«, fragt Isa ihre verdutzte Schwägerin.

»Nein ... aber - Was machst du denn hier?! Ich hab' gerade an dich gedacht.«

»Tatsächlich? Ich hoffe doch nur Gutes«, stellt Isabella fest.

Renate überlegt kurz, steht auf und geht auf Isa zu. Etwas zögerlich umarmt sie ihre Schwägerin. Als sie Isa wieder loslässt sagt sie:

»Ich hab' mich daran erinnert, als ich damals im Antiquariat war und nach Hause gelaufen bin, um dir von dem Buch zu berichten.«

»Ach ja, das Buch des Universums.« Isabella sieht Renate neugierig an. »Das war eine wilde Zeit, nicht wahr?«

»Ja, ziemlich«, antwortet Renate der das Gespräch sichtlich unangenehm wird.

Die beiden schweigen. Die unangenehme Stille zwischen den Beiden erzählt von Jahren des Unausgesprochenen.

*

Nachdenklich betrachtet das Universum die Frauen, wie sie sich gegenseitig anschweigen. Dann blickt es in die Ferne und sieht, wie die beiden sich die Hände schütteln und lachend in die Arme fallen.

»Die Frage ist, ob es ein Bild aus der Zukunft oder der Vergangenheit ist?«, murmelt es und kratzt sich gedankenverloren am Kopf.

Funken regnen dabei von seinen Fingern und fallen auf die Erde, wo an derselben Stelle eine ganz neue zauberhafte Blumensorte entsteht.

Als es das sieht, muss es grinsen. Manchmal können aus Sorgen die schönsten Dinge entstehen, man muss sie nur loslassen und sehen, was an ihrer Stelle Neues erblüht.

# 10.

Angelica verbrachte noch einige Zeit auf dem Hügel und genoss es, die frühen Nachmittagsstunden an sich vorbeiziehen zu lassen. Nun schlendert sie den Kahlenberg hinunter und macht sich auf den Weg in den Pötzleinsdorfer Schlosspark, wo sie sich mit Theo und anderen aus ihrer ehemaligen Klasse treffen will. Dabei geht sie über ihre eigenen kleinen Schleichwege und trifft kaum Spaziergänger, weshalb sie die Natur ungestört beobachten kann.

Sie liebt den Sommer, weil alles grün und voller Leben im Park ist. Sie sieht sogar ein Eichhörnchen, das schnell vom Baum huscht, um sich eine Nuss zu holen. Auch ein Spatz traut sich in ihr Sichtfeld und pickt einige Samenkörner vom Boden auf. Wahrscheinlich ist er fleißig mit Futtersuche für seine Jungen beschäftigt.

In Gedanken ist sie erneut bei der Unterhaltung mit Marius und fragt sich, wie genau er das meinte, mit einfach ›Nichts‹ zu tun. Ihre Träume scheinen der Auslöser für alles zu sein. Dafür, dass sie vor einigen Jahren weglaufen wollte und genauso dafür, dass sie die Reise nach Sizilien gewagt hatte – in der Hoffnung, ihre Wurzeln zu finden. Sie glaubte dadurch besser zu verstehen, was ihr Weg für die Zukunft sein soll.

*Ja die Zukunft, meine Träume und das Buch des Universums.*

Es beschleicht sie immer mehr das Gefühl, dass all das miteinander verwoben ist. Als wäre es von unsichtbarer Hand gewebt und doch undurchsichtig - wie das Netz aus ihrem Traum.

Aber da sie nicht weiß, was sie damit anfangen soll, würde sie es am liebsten gleich wieder vergessen. Das ist doch alles zu unkonkret.

*

Das Universum lässt eine riesengroße Seifenblase entstehen und betrachtet sie.

*Seltsam, was Menschen als konkret und nicht-konkret empfinden.*

Es ist der Meinung, dass gerade die nicht-konkreten Dinge große Wirkung haben können. Wünsche und Vorstellungen sind für das Universum die wichtigsten formenden Elemente im Leben der Menschen, doch sie selbst scheinen das anders zu sehen. Vielleicht, weil sie die Unsicherheit des nicht-konkreten als Verlust von Stabilität sehen und nicht als Chance, alles zu erschaffen, was sie sich wünschen.

*Wie die Welt wohl aussehen würde, wenn ihnen bewusst wäre, dass ihre Handlungen vor allem eine Abbildung ihrer zum Teil unbewussten Bestrebungen sind?*

Es blickt auf Angelica und dann wieder auf die Sanduhr.

Doch alles der Reihe nach. *Der Lauf der Zeit folgt seinem eigenen Fluss.*

*

»Hey, Angelica! Hier sind wir.«

Aus ihren Gedanken hochgeschreckt, sieht sie das kleine Grüppchen junger Menschen, das sich auf einem der Spielplätze zusammengefunden hat, wo alle entspannt in der Nachmittagssonne sitzen. Im Gegensatz zur Abschlussparty, bei der ihr alle so erwachsen erschienen, hat sie heute mehr den Eindruck, das kindliche in ihnen zu sehen, während sie auf den Spielgeräten abhängen.

Sie schlendert hinüber zu ihnen und begrüßt alle. Weder Theo noch Clara sind hier und so macht sie es sich erstmal auf einer großen Tellerschaukel bequem.

Die Gerüchteküche ist wie immer am Brodeln.

»Hey habt ihr das mit Tina und Alex schon gehört, die beiden sind ein Pärchen.«

»Was echt?«, entgegnet sofort jemand.

»Ja sie haben zusammengefunden.«

Diese und ähnliche Neuigkeiten, erfährt sie gerade im Schnelldurchlauf. In den letzten Wochen scheint vieles passiert zu sein.

Oder auch nicht.

Das kommt wohl darauf an aus welcher Perspektive man die Welt gerade betrachtet. Eine Hausparty wurde abgesagt, weil die Eltern doch früher zurückgekommen sind, was alle maßlos enttäuscht hat. Ein anderes Pärchen hat sich getrennt, was alle inklusive Angelica schockiert, da es immer den Anschein hatte, dass sie wie für einander gemacht wären und bestimmt ewig zusammen bleiben würden.

Die Unterhaltungen lösen in Angelica ein Gefühl von Vertrautheit aus. So sehr sie die außergewöhnlichen

Erlebnisse ihrer Reise genossen hat, hielten sie fast immer eine neue Herausforderung für sie bereit.

Daher genießt Angelica, dass es sich heute um die kleinen und vor allem gewohnten Ereignisse dreht. In ihr entsteht endlich ein Gefühl von ›nach Hause kommen‹. Immerhin hat sie lange viel Zeit mit den Menschen aus ihrer Schulzeit verbracht.

Aber so sehr sie diese Verbundenheit schätzt, merkt sie, dass sie sich durch ihre Reise verändert hatte. Ihre Erlebnisse der letzten Wochen waren anders als das, was sie erlebten. Vielleicht hatte sie sich dadurch ein Stück von der Gruppe entfernt. Es fällt ihr schwer, all das in Worte zu fassen.

»Hey Angelica!« Als sie erschreckt aufblickt, sieht sie, dass alle Blicke auf sie gerichtet sind.

»Was habe ich verpasst?«, fragt sie verwirrt.

Die anderen lachen.

»Wir wollten wissen, wie deine Reise war. Hast du in Sizilien ordentlich gefeiert oder mehr so am Strand relaxed?«

Zuerst zögert sie, doch dann erzählt sie die ihrer Meinung nach eher kleinerem Abenteuer ihrer Reise:

»So ähnlich, ich habe auf einer Ranch Tiere versorgt und habe mit zwei streunenden Hunden einige Tage gemeinsam am Strand verbracht.«

*Wie soll ich eigentlich erklären, dass ich dabei auch einen alten Leuchtturmwärter kennengelernt habe, der mich vor dem Ertrinken gerettet hat und eine Zauberin, die mir gezeigt hat, dass man seine Liebe in die Welt hinausrufen sollte?*

Die letzten Wochen erscheinen ihr selbst auch ein bisschen abgefahren aber im Rahmen dieser Unterhaltungen wirken sie wie von einem anderen Stern.

»Du hast was? – Mit fremden Hunden am Strand campiert?«

»Hast du denn neuerdings welche?« fragt eine andere Schulkameradin nach.

»Nein, denen bin ich in meiner ersten Nacht auf Sizilien am Strand begegnet. Zuerst dachte ich, dass mich der schwarze Hund anfallen wollte und ich hatte richtig Angst.«

Und so erzählt sie die Geschichte von Stella und ihrem Welpen und wie sie mit ihnen auf die Farm von Tante Isabella kam und dort fleißig mithalf. Sie führte auch aus, wie sie die beiden Hunde, die ihr so ans Herz gewachsen waren, dort zurücklassen musste. Eine Träne rinnt ihr aus ihrem Augenwinkel, die sie hastig wegwischt. Weiter erzählt sie nicht, denn bereits jetzt, scheinen die Jugendlichen überrascht zu sein, von dem, was sie erzählt.

*Was würden sie wohl zu einer Giraffe im Garten sagen?*

»Wow, das ist ja krass!«, kommt es einem der Jungs über die Lippen und Angelica muss lächeln. Seltsam, vor kurzem war sie noch das schüchterne Mädchen, das selten etwas Aufregendes zu erzählen hatte und nun hatte sie wirkliche Geschichten zu berichten. Ein eigenartiges Gefühl.

»Ja, echt nicht schlecht«, nickt auch anerkennend eine der anderen jungen Frauen. Angelica ist überrascht von den positiven Reaktionen.

»Vielleicht brauchst du jetzt mal wieder ein bisschen Pause, oder? Eigentlich sind ja Ferien und wir sollten uns erholen, bevor es losgeht«, lacht eine andere.

»Stimmt, apropos, was ist mit der Hausparty? Könnten wir nicht zu Luzia gehen? Deren Eltern sind doch in ihren zweiten Flitterwochen.«

»Hey stimmt, das wäre vielleicht die Lösung. Hat wer ihre Nummer? Dann funken wir sie an.«

Angelica nickt, Hausparty klingt gar nicht schlecht und doch ist da auch ein Funken Traurigkeit in ihr. Sie schätzt die Zusammengehörigkeit in der Gruppe und doch wird ihr gerade bewusst, dass sie sich vielleicht mehr verändert hat, als ihr klar war. Die Begegnungen mit dem kleinen Mädchen, das Wolken verschieben konnte, die Gespräche mit dem alten Leuchtturmwärter und die vielen Herzensmomente. Sie haben ein Sehnen nach mehr davon in ihrem Herzen geweckt. Irgendetwas scheint sie jedoch davon abzuhalten, diese Herzensmomente mit der Gruppe zu teilen.

Angelicas Herz verspürt einen kleinen Stich bei dieser Feststellung. Es würde sich so gerne überall wohlfühlen. Sowohl als Bestandteil dieser Gruppe, in der es die Zusammengehörigkeit und Leichtigkeit der Gespräche schätzt, wie auch auf Reisen, wo es viele tiefgründige Erfahrungen gemacht hatte, die nun immer mehr zu Angelicas Leben gehören. Und doch scheint sich gerade das eine vom anderen zu entfernen. Ihr Herz hat sie dazu gebracht, bei Elliot anzurufen und ein Praktikum im Ausland anzunehmen. Es spürt, dass auch diese Sache ein weiterer Schritt auf ihrer Reise zu sich selbst werden wird. Das bedeutet allerdings wohl auch, dass sie sich nicht nur von ihrer Mutter, sondern auch von dieser Gruppe ein Stück mehr entfernen wird. Nicht nur äußerlich, ebenso innerlich entsteht durch die Erlebnisse eine Distanz zwischen Angelica und den Menschen, die sie bisher begleitet haben.

Das Herz fühlt mit Angelica, denn es versteht, dass sie das traurig macht. Dennoch ist es überzeugt, dass diese Traurigkeit nicht von Dauer sein wird, weil Angelica in Zukunft wundervolle Verbindungen mit ganz vielen Menschen haben wird.

Aber in diesem Moment kann es Angelica davon nicht erzählen, denn sie scheint nicht zuzuhören. Darum breitet es sich schlicht aus, nimmt die Traurigkeit in sich auf und umarmt sie mit ganzer Kraft. Denn dort, wo Traurigkeit akzeptiert wird, fühlt sie sich angenommen und kann sich langsam wieder verflüchtigen.

*

Das Universum nickt verständnisvoll und zeichnet ein Quadrat im leeren Raum. Darin entsteht das Bild eines goldenen Netzwerks, dessen Linien von Angelica ausgehen, es verbindet sie mit anderen leuchtenden Punkten, Menschen an unterschiedlichen Orten dieser Welt. Nach einiger Zeit verändert sich das Bild. Nach und nach leuchten immer mehr Punkte, sodass das Netz immer heller wird.

»Du hast dich entschieden, meine kleine Seele, vor langer Zeit schon.« Mitfühlend sieht das Universum auf Angelica.

Es schnippst mit den Fingern und ein kleiner Funke entsteht in seiner Hand. Langsam pulsiert er vor sich hin. Es ist ebenfalls ein Funke der Akzeptanz. Denn das Herz hat recht, die meisten Geschehnisse sind leichter zu durchleben, wenn man den Widerstand aufgibt. Dann kann sich die wohltuende Energie ausbreiten und sie beinhaltet nicht nur den notwendigen Abschied vom Alten, sondern auch immer eine Tür, hinter der sich das Neue offenbart.

Es bläst auf diesen Funken und er gleitet leichtfüßig durch die Abendstimmung zu Angelica.

*

Als der Funke bei ihr ankommt, blitzt vor ihrem inneren Auge das Bild des goldenen Netzwerks aus ihrem Traum auf und sie bekommt ein Gefühl der Verbundenheit mit etwas Größerem. Dieses schöne, warme und ruhige Gefühl passt aber nicht zur Party-Planungs-Stimmung, die sich um sie herum ausbreitet. So kommt der Wunsch in ihr auf, alleine sein zu wollen. Langsam steht sie auf, dreht sich um und entfernt sich von den Gesprächen.

»Hey Angelica, komm zurück!«, hört sie jemanden hinter sich rufen, doch sie schüttelt nur still den Kopf und geht immer weiter, bis sie schließlich bei einer Bank ankommt, auf der sie sich niederlässt.

Stumm sieht sie eine Weile in die Dämmerung. Die Erkenntnis, wie sehr sie sich in so kurzer Zeit verändert und entfremdet hat überrascht sie und wühlt sie auf.

»Das ist in Ordnung,«, flüstert das Herz. Auf unserem eigenen Weg entfernen wir uns manchmal von dem, was wir kennen und das kann schmerzhaft sein. Es umarmt Angelica liebevoll und hält sie eine Zeitlang, damit sie zur Ruhe kommt.

Gerade als sie sich wieder gesammelt hat, vibriert ihr Handy. Sie holt es aus der Tasche und sieht darauf:

Theo: Angelica, wo bist Du?
Angelica: Hier.

Sie gibt ihren Standort frei und wenige Minuten später ist er bereits bei ihr.

»Hey, was ist denn bei dir los? Die anderen meinten, du wärst von einer Minute zur nächsten einfach weg gewesen.«

»Ja«, sie überlegt, ob sie darauf eingehen soll, oder ob ihre Gedanken der Fremdheit von der Gruppe nicht zu übertrieben sind. Doch dann muss sie innerlich schmunzeln.

*Wer sonst würde mich verstehen, wenn nicht Theo?*

»Kennst du das, wenn du dich innerlich manchmal komplett fremd fühlst, obwohl es äußerlich einfach keinen Grund dazu gibt? Einfach, weil du das Gefühl hast, dich in eine andere Richtung zu entwickeln.«

Zuerst sieht er sie verdattert an, doch dann lacht er.

»Sag mal, weißt du mit wem du da redest? Theo, dem Klassenphilosophen, dem gerne nachgesagt wird, er käme von einem anderen Stern. Na klar kenne ich das!«

»Und was machst du in so einem Fall?«

Theo schnauft hörbar aus.

»Akzeptieren,«, sagt er schließlich lächelnd »auch wenn es mir nicht immer leichtfällt.«

Sie nickt langsam.

»Ja wahrscheinlich«, murmelt sie leise.

»Komm her, Angelica.«

Theo breitet die Arme aus und nimmt sie in eine große freundschaftliche Umarmung. Dankbar nimmt sie diese an und legt ihren Kopf auf seine Schulter.

»Ach Theo, warum muss es so kompliziert sein?«

»Weil wir Menschen nun mal so sind.«

Sie seufzt und kuschelt sich noch etwas näher an Theo.

*Er ist wirklich ein toller Freund,* denkt sie bei sich, als plötzlich eine ihr nur zu bekannte Stimme die wohltuende Stille durchbricht.

»Verdammt Angelica, schon wieder?«

Als Angelica den Kopf wendet, sieht sie Clara aus dem Halbdunkeln herauskommen. Sie scheint richtig sauer zu sein.

»Theo, was machst du hier?! Wir sind zusammen!«

»Bitte was?!«, stammelt Angelica und sieht Theo an. Doch der hat nur Augen für Clara.

»Honey, das ist jetzt nicht so, wie du denkst. Ich -« Claras Ausdruck hält ihn davon ab, weiterzureden. Dann starren sich die drei schweigend abwechselnd an. Eine unangenehme Spannung liegt in der Luft.

*Theo und Clara?*

Nie wäre sie auf die Idee gekommen, aber es macht irgendwie Sinn. Claras Eifersucht und dass sie ihr weiterhin die kalte Schulter gezeigt hatte, nachdem der Kuss schon längst Geschichte war.

Stinksauer dreht sich Clara um und will offensichtlich abhauen. Da hat sie allerdings die Rechnung ohne Angelicas Herz gemacht. Es mochte Clara immer, auch wenn es manchmal sehr von ihr verletzt wurde. Aber jetzt reicht es. Es ist nicht mehr bereit, dieses Drama hinzunehmen.

»Klär das jetzt!«, ruft es bestimmt. Die über sich selbst überraschte Angelica hört auf ihr Herz, macht drei schnelle Schritte nach vorne und nimmt Clara bei der Hand. Diese wendet sich ihr sichtlich wütend zu und funkelt sie an, doch Angelica kommt ihr zuvor:

»Warte mal.«

»Was soll das?«, empört sich Clara.

»Lass uns doch endlich mal reden und nicht wieder voneinander davonlaufen!«, versucht es Angelica.

»Na dann bitteschön, was willst du noch sagen? Es ist doch eh alles klar. Ich hab‘ euch doch gesehen!«

*Nicht gerade ein toller Einstieg in die Unterhaltung,* stellt Angelica fest. Dennoch ihr Herz strahlt und gibt ihr Kraft für die nächsten Worte.

»Clara, es ist nichts zwischen mir und Theo geschehen, was auch immer du glauben magst, okay?«

Clara wirkt verunsichert davon, dass Angelica plötzlich so selbstsicher auftritt und sieht von ihr zu Theo.

Theo nickt ihr zu.

»Sie hat recht Clara. Wir haben uns nur umarmt! Du solltest jetzt langsam wissen, dass ich dich liebe«, sagt er.

Angelica sieht Clara tief in die Augen und sagt: »Und ich liebe dich auch, hörst du? Du bist meine beste Freundin und wir gehen uns nun schon seit über einem Jahr aus dem Weg, damit muss Schluss sein okay?«

Clara schaut irritiert von Theo zu Angelica und wieder zurück, doch ihr Ausdruck scheint eine Spur weicher geworden zu sein.

»Lass mich mal los«, sagt sie schließlich und Angelica nimmt ihre Hand von Claras, die ihren Blick erneut zu Theo wandern lässt.

»Stimmt das wirklich? Wehe du lügst mich an.«

»Alles gut, vertrau mir.«

Kurz sieht sie ihn noch durchdringend an, als könnte sie dadurch herausfinden, ob er die Wahrheit sagt. Schließlich nickt sie.

Danach wendet sie sich Angelica zu.

»Er war schon immer ein schlechter Lügner oder?«

Angelica lächelt: »Aber sowas von.«

»Und jetzt?«

»Jetzt», sagt Angelica feierlich »umarmst du mich und wir bequatschen, wo wir was trinken gehen, um diese Sache endgültig zu klären. Ich muss wahrscheinlich bald nach Lissabon und davor möchte ich wissen, dass mit meiner besten Freundin alles in Ordnung ist.«

Clara sieht sie an.

»Deal?«, fragt Angelica.

»Deal!«, sagt Clara und umarmt sie. Und so liegen sich plötzlich zwei Freundinnen, die lange Streit hatten, wieder in den Armen.

*

Auch das Universum betrachtet lächelnd die beiden Freundinnen, die sich endlich wieder gefunden haben und freut sich mit ihnen.

# 11.

Isabella ruft über ihre Schulter, »Ich mach schon«, und öffnet die Haustür. Als sie sich umdreht, sieht sie Angelica.

»Was machst du…«, beginnt Angelica und hört dann mitten im Satz auf, stattdessen fällt sie ihrer Tante einfach um den Hals.

Isabella ist überrascht, aber sagt schmunzelnd:

»*Genau so* sollte man seine Tante begrüßen«,

Als Angelica sie schließlich ungewöhnlich lange umarmt und nichts dazu sagt, fragt sie nach: »Alles gut bei dir?«.

Angelica nickt, dann schüttelt sie den Kopf, dann nickt sie wieder.

»Müde«, antwortet sie schließlich einsilbig.

»Na dann komm mal her.« Sie nimmt Angelica an der Hand und gemeinsam gehen sie nach oben in ihr Zimmer. Dort fällt Angelica direkt ins Bett.

»Magst du erzählen was los ist, Angelica?«

»Vieles.«

»Was macht dich denn so müde?«, fragt ihre Tante nach.

»Ich denke, Clara und ich verstehen uns endlich wieder, aber ich scheine mich von den Leuten aus meiner ehemaligen Klasse immer weiter zu entfernen und ich fühle mich irgendwie alleine auf meinem Weg«, murmelt sie.

»Aber nein mein Kind, du bist nie alleine«, versucht Isabella sie zu beruhigen.

Doch da hört Isabella bereit das gleichmäßige Atmen eines Menschen, der in einen tiefen Schlaf entglitten ist.

Als Isabella sich kopfschüttelnd umdreht, um das Zimmer zu verlassen, vernimmt sie Angelicas schlaftrunkene Stimme.

»Es ist ein Netz aus Gold.«

Ein Schauer läuft Isabella über den Rücken und sie hakt nach:

»Was war das, Liebes?«

»Es ist ein Netz aus goldenen Punkten. Es zieht sich um die Welt und es wird alles verändern«, murmelt Angelica.

»Was hat das mit dir zu tun?«, will sie wissen. In dem Augenblick sieht sie, dass Angelica offensichtlich schläft, doch überraschenderweise bekommt sie trotzdem eine Antwort.

»Es ist meine Aufgabe, die Welt zu verändern. Das ist eine Aufgabe, die ich mir bereits vor … laaaanger Zeit ausgesucht habe«, murmelt Angelica und dann hört Isabella nur Stille und gleichmäßige Atemzüge von ihrer Nichte.

Ein komisches Gefühl macht sich in Isabellas Magengegend breit, als sie leise das Zimmer verlässt.

*Kann es wirklich sein, dass sie in den Geschicken der Welt eine tragende Rolle hat?*

Sie schüttelt den Kopf. Aber dann erinnert sie sich an die Erlebnisse, die Angelica auf ihrer Reise widerfahren sind.

*Was ist, wenn all das keine Zufälle waren, sondern eine Art Ausbildung?*, überlegt sie, während sie nach unten geht.

*Aber das ist ja absurd,* versucht sie den Gedanken zu verwerfen. Dann hält sie inne. Wenn ihr jemand in Angelicas Alter erzählt hätte, dass sie mit einer Ranch voll Tieren enden würde, hätte sie ihm den Vogel gezeigt. Und umgekehrt hätte ihr wohl niemand geglaubt, dass es ihre Bestimmung ist, wenn sie damals schon diese Vorstellung gehabt hätte.

*Was ist also, wenn es wirklich Angelicas Aufgabe ist, die Welt zu verändern? Sollte sie dann nicht alle Unterstützung auf ihrem Lebensweg bekommen, die möglich ist? Sei es nur um es zu versuchen. Was hatte sie schon zu verlieren? Sie war jung und es klang auf jeden Fall nach einem Abenteuer.*

Sie muss grinsen. Ein Abenteuer, das nach ihrem Geschmack wäre.

In dem Moment fällt ihr die Unterhaltung mit Renate wieder ein.

*›Ein normales Leben‹*

*Das Buch! Wenn es Angelica auf ihrem Weg helfen kann, so wie es damals mir geholfen hat, braucht sie es zurück.*

Eine Ahnung macht sich in ihr breit. Schnell geht sie die restlichen Stufen der Treppe hinunter und findet Renate im Wohnzimmer, wo sie gerade die Wäsche bügelt.

*Renate ist wohl von ihrem Spaziergang zurück und Carlos bereits im Bett. Dann steht unserer Unterhaltung ja nichts mehr im Weg.*

»Renate, wo ist das Buch?«

Ihre Schwägerin ist sichtlich überrascht über den energischen Auftritt. Sie stellt das Bügeleisen ab und sieht Isabella nachdenklich an.

»Wieso brauchst du es? Du hast doch schon alles bekommen. Alles ist so wie du es wolltest, oder nicht?«

Verbitterung lag unüberhörbar in ihrer Stimme.

»Du hast es also an dich genommen, nicht wahr?«

Verblüfft sieht Renate sie an. Ihr wird wohl bewusst, dass Isabella gar nicht sicher wusste, ob sie das Buch hatte.

»Was geht es dich eigentlich an, Isa?«

Renate greift wieder zum Bügeleisen, um weiter ihrer Arbeit nachzugehen und versucht das Gespräch so zu beenden.

*Das klappt nicht liebste Schwägerin, nicht mit mir,* denkt sich Isabella und sagt:

»Wusstest du, dass dein Kind im Schlaf von einem Netz aus goldenen Punkten redet?«

Renate hält inne.

»Einem was?«

»Ja und sie spricht auch davon, dass sie sich vor langer Zeit entschlossen hat, die Welt zu verändern«, setzt Isabella noch einen drauf.

» WAS?!«

In dem Moment macht das Bügeleisen durch seinen verdächtig unangenehm riechenden Dampf auf sich aufmerksam.

»Verflixt.«

Schnell stellt Renate es auf die Seite, hebt die Bluse hoch und begutachtet einen möglichen Schaden. Es scheint nochmal alles gut gegangen zu sein.

»Isa, was soll das? Was willst du überhaupt hier? Du kommst plötzlich mir nichts dir nichts zu uns und machst hier einen riesen Tamtam, weil meine Tochter seltsame Träume hat. Was willst du?«

Renate sieht sie auffordernd an und Isabella muss sich eingestehen, dass das eine verdammt gute Frage ist.

»Sie soll die Chance...«

»Sag es ja nicht«, unterbricht sie Renate.

»Was?«, fragt Isabella.

Renate verdreht die Augen. »Sie soll die Chance bekommen, ihren Traum zu leben«, äfft Renate ihre ehemalige Freundin nach, »oder wolltest du was anderes sagen?«.

»Ich ... nein. Also ja.«

»Siehst du Isa, du hast dich nicht verändert. Du machst den gleichen Fehler wie damals. Jetzt willst du auch, dass Angelica alles hinwirft, um irgendeinem seltsamen Traum zu folgen. Was ist, wenn dieser Traum das Leben kaputt macht, das sie haben könnte, Isa? Was dann?«

Isabella sieht ihre Freundin an und wird in sich ganz ruhig.

»Es ist nicht deine Entscheidung, Renate.«

»Ha, was weißt du schon Isa. Ich hab' Angelica aufgezogen. Ich hab' Tage und Nächte mit ihr im Arm verbracht. Ich hab sie verarztet, wenn sie gefallen ist. Hast du mitgekriegt, was ihr alles passiert ist? Sie wäre fast gestorben, weil sie auf dieses dämliche Buch gehört hat. Willst du sie dieser Gefahr aussetzen?«

Isabellas Stimme wird sanft.

»Es ist ihre Entscheidung, Renate, das kannst du nicht ändern. Die Dinge werden ihren Lauf nehmen und wenn das stimmt, was deine Tochter im Schlaf erzählt, betrifft das nicht nur sie.«

»Pah, die Dinge können sich auch ohne meine Tochter entwickeln.«

Die beiden Frauen sehen sich an und schweigen.

*Ich kann sie verstehen,* denkt Isabella. *Wer würde nicht versuchen, sein Kind zu schützen, bei allem, was sie in der kurzen Zeit erlebt hat.*

Sie bemerkt Augenringe und Renates ungewöhnlich fahle Gesichtsfarbe. Darum beschließt sie es für heute gut sein zu lassen. In diesem Moment meint Renate:

»Isa, ein anderes Mal okay?« Müdigkeit schwingt in ihrer Stimme mit.

»Gut, ich bleibe einige Tage bei euch – in Ordnung?«

»Warum?«

»Weil das mit Angelica geklärt werden muss, Renate. Ganz einfach. Sie muss selbst entscheiden, egal wie gerne du das für sie tun würdest. So läuft das nicht. Und es sieht so aus, als könnte sie dabei ein bisschen Unterstützung gebrauchen.«

Renate zuckt nur mit den Schultern.

»Mach was du willst, das kannst du ja sowieso am besten. Aber ich werde ihr das Buch nicht zurückgeben.«

*Das Buch wäre zwar vielleicht hilfreich, aber die Entwicklung lässt sich wahrscheinlich so oder so nicht mehr aufhalten ...*, denkt Isabella bei sich. *Angelica wird ihren Weg gehen. Da bin ich mir sicher. Deiner Tochter das Buch wegzunehmen, wird genauso wenig funktionieren, wie bei mir.*

Zuerst will Isabella es Renate sagen, entscheidet sich dann jedoch zu Schweigen, denn sie spürt, dass sie heute bei Renate nichts mehr erreichen kann.

# 12.

Als Isabella verschwunden ist, steckt Renate das Bügeleisen ab und macht das Licht aus. Sie setzt sich in einen der großen Ohrensessel im Wohnzimmer und macht eine Kerze an. Das Licht strahlt sanft durch das Zimmer und schafft es, sie ein wenig zu beruhigen.

*Isabella. Wie ist es eigentlich soweit gekommen, dass wir auf so unterschiedlichen Seiten stehen? Es war das doch alles mal ganz anders. Bevor … bevor sie diese seltsame Entscheidung getroffen hat, alles für die Ranch aufzugeben.*

Die Erinnerung von damals klopft erneut bei ihr an.

*

Sie war praktisch mit dem Buch direkt aus dem Antiquariat nach Hause gelaufen, um es Isa zu zeigen. Sie konnte nicht glauben, was sie da gefunden hatte.

»Isa, wo bist Du?«, hatte sie gerufen, als sie die Tür zu ihrer gemeinsamen Wohnung betrat.

»Hier«, ertönte es aus dem Zimmer ihrer Mitbewohnerin. Wie so oft fand Renate dort ein ziemliches Chaos vor. Zwischen den halbgefüllten, geöffneten Koffern auf dem Boden lag Isa auf dem Bett - zumindest halb. Ihr Oberkörper baumelte über die Bettkante hinaus, sodass er halb am Boden lag und mit ihrer rechten Hand sie ein Buch über sich in der Luft hielt. Sie war der Meinung, dass das für sie die effektivste Lernposition war. Renate hingegen glaubte eher, dass sie in dieser Hinsicht einen leichten Knall hatte. Aber gut, sie mischten sich soweit es ging nicht in die Eigenheiten des anderen ein. So war durch die Akzeptanz ihrer Unterschiede aus einer Zweckgemeinschaft mit der Zeit eine tiefe Freundschaft entstanden

»Schau mal, was ich hier habe«, sagte Renate und wedelte mit dem alten Buch vor Isabellas Augen, die es kopfüber betrachtete und die Augen zusammenkniff.

»Einen alten Schinken aus dem Jahre Schnee? Was ist daran so besonders?«

»Nein, viel besser! Es ist ein Geschenk meines Opas an meine Oma als Zeichen seiner Liebe.«

»Was? Das ist doch ein Witz, oder? Wo hast du das her?«

»Es ist mir in einem Antiquariat in die Hände gefallen.«

»Wie in die Hände gefallen? Einfach so? Ohne danach zu suchen?«

»Ähm ... genau.«

Langsam wurde ihr etwas unwohl, als auch Isa sie auf die ungewöhnliche Art und Weise des Auftauchens des Buches aufmerksam machte. Sie musste sich eingestehen, dass es wirklich etwas eigenartig war.

»Komm zeig her«, bestand Isa und so machten sie es sich auf dem kleinen, noch vorhandenen Fleckchen Boden in Isas Zimmer bequem. Sie begutachteten den Einband und die erste Seite.

»Es ist irgendwie echt alt, oder?«

»Scheint so.«

»Und was steht drinnen? Hast Du schon reingesehen?«

»Nicht wirklich.«

»Na los mach doch mal, Renate. Worum geht's in dem Buch?«

Seltsamerweise zögerte sie. Sie war mittlerweile gewohnt so ziemlich alles mit Isa zu teilen, doch hier schien überraschenderweise eine Grenze zu existieren. Zumindest für jetzt.

»Ich … ich schau es mir lieber später an«, murmelte sie.

»Was echt jetzt?«

»Ja, es ist irgendwie. Ich weiß nicht, ich will das glaub ich alleine in Ruhe anschauen.«

»Okay«, Isa nickte etwas enttäuscht, »aber sag mir dann was drinsteht, ja? Ich bin furchtbar neugierig.«

»Eh klar.«

So schnell die leichte Spannung zwischen den beiden aufgebaut war, umso schneller war sie dann auch wieder verschwunden. Vor allem, als Renate von Isa wieder zu den Koffern blickte. Ihr Herz wurde schwer. Isa wollte nämlich über die Sommerferien nach Hause fahren, um ihre Familie wieder mal zu sehen und das bedeutete, dass Renate die nächsten zwei Monate alleine hier verbringen musste, ohne ihre beste Freundin. Sie war selbst überrascht, wie sehr ihr Isa ans Herz gewachsen war.

»Hast du schon gepackt«, sagte sie mit einem Nicken in Richtung Koffer.

»Siehst du doch. Fast fertig«, grinste Isa zurück.

Renate musste schmunzeln, doch dann wurde sie wieder ernst.

»Ich werde dich vermissen, Süße«

»Ich dich auch.«

Die beiden umarmten sich und Renate wusste bei aller Traurigkeit, dass Isabella nach zwei Monaten wieder zurück sein würde, um ihr Veterinärmedizin-Studium zu beenden. Sie bummelte in ihrem Studium etwas vor sich hin, im Gegensatz zu Renate, die ihr Studium in Mindestzeit geschafft hatte. Aber das war egal, Hauptsache sie konnten wieder zusammen eine gute Zeit in Wien verbringen. Sie brachte Isa zum Bahnhof, verabschiedete sich von ihr und als sie zurück zu Hause war und etwas Ruhe in ihrem Zimmer gefunden hatte, nahm sie das Buch wieder in die Hand. Es fühlte sich noch immer an, als würde es zu ihr gehören. Es war ein so eigenartiges Gefühl, dass sie nicht einmal Isabella davon erzählt hatte.

Sie zögerte etwas und strich mit der Hand über das alte Leder und die goldenen Buchstaben des Buches. Dann schlug sie es einem Impuls folgend, irgendwo in der Mitte auf. In fein säuberlichen Buchstaben standen dort nicht mehr als zwei Sätze auf der Mitte der Seite:

*Das Leben kann eine wunderbare Achterbahn sein, wenn man dazu bereit ist, seine Pläne über Bord zu werfen und sich dem Fluss des Lebens hinzugeben.*

*Denn dann kann die wahre Reise erst beginnen.*

»Das ist ja mal ein seltsam nichtssagender Satz«, murmelte sie kopfschüttelnd und blätterte um zur nächsten Seite. Dort las sie:

*Wenn man sich auf das Leben nicht einlässt, kann es manchmal passieren, dass etwas Größeres nachhilft, damit man den nächsten Schritt macht.*

»Was soll das werden?«, fragt sie sich selbst irritiert. Ein ungutes Gefühl breitete sich langsam in ihrer Magengegend aus, als sie sich an den Buchhändler im Antiquariat erinnerte. Sie fragte sich, ob sie sich nicht auf etwas sehr Eigenartiges eingelassen hatte. Doch sie konnte nicht anders. Sie blätterte nochmal um:

*Manche Veränderungen geschehen schneller als man denkt, selbst wenn man sich gegen den Fluss des Lebens stellt.*

»Bitte, was?«

Renate wusste nicht warum, aber langsam ärgerte sie dieses Buch und wer weiß, was sie damit gemacht hätte, wenn nicht in der Sekunde ihr Handy geläutet hätte. Verwundert sah sie auf das Handy und registrierte die Worte »Unbekannt« auf dem kleinen schwarz-weißen Display.

Sie griff danach und hob ab. Was folgte, war einer der für sie schicksalsträchtigsten Momente ihres jungen Lebens. Sie hatte sich bereits vor einiger Zeit um eine Facharztstelle beworben und eine mündliche Zusage erhalten. Doch nun wurde ihr mitgeteilt, dass die Stelle bereits anderweitig vergeben war. Es täte ihnen sehr leid und sie würden sich dennoch freuen, mit ihr in Zukunft zusammenzuarbeiten.

Als das Telefonat vorbei war, hatte sie das Gefühl, dass ihr das ganze Blut aus den Adern gewichen war. Selbst wenn es lächerlich war, hatte sie das Gefühl, das Kartenhaus ihrer Zukunft in sich zusammenstürzen zu sehen. Auf Facharztstellen gab es für gewöhnlich monatelange, wenn nicht sogar jahrelange Wartezeiten und die Wartelisten waren unfassbar lang.

Nach der Zusage hatte sie sich nirgendwo mehr beworben, weil es ihre Traumstelle war und ihr mehrfach versichert wurde, dass sie den Platz bekommen würde. Außerdem war es üblich, mündliche Zusagen zu erhalten und den Vertrag erst später zu unterzeichnen.

»Und jetzt?«, stammelte sie noch, bevor ihre kleine Welt in sich zusammenbrach und sie sich schluchzend in eine Ecke ihres Zimmers zurückzog, in der traurigen Gewissheit, dass nun nicht einmal mehr Isa hier war, um sie aufzumuntern. Und das würde auch die nächsten zwei Monate so bleiben. Sie musste diese

Zeit absitzen, bis sie wieder eine geeignete Stelle fand, wo sie arbeiten konnte und das ganz ohne die emotionale Unterstützung der stets gut gelaunten Isa.

# 13.

Als Angelica am nächsten Morgen aufwacht, fühlt sie sich weniger zwiegespalten als noch die Tage davor. Woran das genau liegt, weiß sie nicht, aber sie freut sich auf einen neuen Tag und ihr Treffen mit Clara.

Als sie aus dem Bett aufsteht, fällt ihr das Gespräch mit dem alten Mann wieder ein und eine Frage formt sich in ihrem Kopf: *Wo ist das Buch des Universums?*

Sie zieht sich an und geht nach unten. Dort sucht sie ihre Mutter, um mit ihr über das Buch zu sprechen. Doch das Haus scheint leer zu sein. *Wo sind die alle?*, fragt sie sich.

Da sie niemanden findet, schlendert sie in die Küche und macht sich ein Brot, dabei blickt sie aus dem Fenster. Vor dem Haus sieht sie ihren Vater, der gemütlich mit überkreuzten Beinen im Garten sitzt und in die Landschaft vertieft zu sein scheint.

*Hey, das ist doch mal cool. Er hat heute wohl frei,* denkt sich Angelica. Mit ihrem Vater unterhält sie sich gerne. Sie schnappt sich einen der Gartensessel, die vor dem Haus stehen und stellt ihn neben ihrem Vater auf den Rasen.

»Hey Paps, wo sind denn alle?«, fragt sie, als sie sich setzt.

»Gute Frage«, murmelt ihr Vater.

»Weißt du es nicht?«

Carlos schüttelt seinen Kopf, als wäre er in Trance. Anschließend nimmt er einen Schluck des goldenen Getränks in dem Whiskeyglas. Der scharfe Geruch von Alkohol drängt sich Angelica auf.

» Whiskey? Jetzt?«

»Ja, komisch, was?«

»Sag schon, was ist los?«, hakt Angelica nach.

Ihr Vater sieht sie eigenartig an.

»Renate ist heute schon früh aus dem Haus und Isabella wollte irgendwas in der Stadt erledigen.«

»Und du? Wieso trinkst du schon am frühen Morgen?«

Er sieht auf sein Glas und wirkt etwas überrascht. Dann zuckt er mit den Schultern und nimmt noch einen Schluck.

»Keine Ahnung, es ist komisch, etwas liegt heute in der Luft – kannst du es auch spüren?«

»Was denn?«

Er hebt sein Glas und zeichnet ein Viereck in die Luft.

»Keine Ahnung, es gibt so Tage. Man weiß zwar, dass etwas in der Luft liegt, aber nicht genau, was. Das Gefühl habe ich schon, seitdem du wieder zurück bist. Dann taucht plötzlich noch Isabella auf. Mit deiner Mutter kann man auf einmal nicht mehr normal reden und ständig geht es um dieses Buch. Was hat es damit eigentlich auf sich?«

Angelica knabbert an ihren Nägeln. Auf diese Frage hätte sie auch gerne eine Antwort und sie muss ihrem Vater Recht geben. Seit sie wieder zu Hause ist, passieren ganz schön komische Dinge. Sie denkt nach und überlegt, was die sinnvollste Antwort auf diese Frage ist:

»Was Mama für ein Problem hat, weiß ich ehrlich gesagt nicht. Ich glaube, das Buch ist wie eine Art Ratgeber, ein Buch, das einem auf dem eigenen Lebensweg helfen soll.«

»Wow, dafür macht es ziemlich viel Wirbel.«

Angelica lacht.

»Ja, irgendwie schon.«

»Ich habe dir zu Anfang deiner Reise gesagt, dass man nie genau weiß, was auf einen zukommt, wenn man sich dem Ungewissen aussetzt. Aber das hier übertrifft langsam meine kühnsten Vorstellungen. Ich dachte, du knutscht vielleicht mal mit jemandem rum oder schläfst mal unter dem Sternenhimmel am Strand, aber dass du gleich halb ertrinkst und deine Mutter so derartig seltsam wird, damit habe ich nicht gerechnet.«

Ihr Vater trinkt noch einen Schluck und schüttelt den Kopf bevor er hinzufügt:

»Kannst du bitte herausfinden, was Sache ist und das mit deiner Mutter klären. Dann können wir alle zu einem Hauch Normalität zurückkehren. Das fände ich toll. Dankeschön.«

Er hebt das Glas und prostet Angelica zu. Sie kann ihn verstehen, aber ob sie etwas an den derzeitigen Ereignissen ändern kann, das bezweifelt sie gerade.

In dem Moment spürt sie eine Hand auf ihrer Schulter.

»Vielleicht sollten wir mal reden, Kleine.«

Sie blickt auf und sieht in Tante Isabellas Gesicht.

»Carlos, meinst du nicht, dass es jetzt mit dem Alkohol reicht?«

»Vielleicht reicht es ja langsam auch mit den Geheimnissen, oder was sagst du dazu Schwesterchen?«

Isabella lächelt.

»Da hast du wahrscheinlich Recht. Komm Angelica, wir gehen mal eine Runde spazieren und ich erzähl dir, was ich weiß.«

# 14.

Renate hält einen Pappbecher mit Kaffee in der Hand und spaziert durch den Park vor dem Krankenhaus, als die Erinnerungen sie wieder einholen.

*

Nachdem ihre Facharztstelle damals so plötzlich abgesagt wurde und sie sich wieder etwas beruhigt hatte, machte sie sich an die Arbeit. Sie rief alle möglichen Krankenhäuser an, um doch noch eine Facharztstelle in ihrem Wunschbereich der inneren Medizin zu bekommen. Sie erkundigte sich sogar in der Umgebung von Wien, doch ohne Erfolg. In diesem Jahr waren die Wartelisten länger als in anderen und so wie es aussah, gab es die Möglichkeit auf eine Stelle frühestens erst in sechs Monaten wieder.

Für sie war das eine Ewigkeit und es passte ihr gar nicht in den Kram, dass ihr Plan für die Zukunft gerade so über den Haufen geworfen wurde. Um sich abzulenken, traf sie ihre Freundinnen in Wiener Kaffeehäusern. Viele von ihnen kannte sie aus dem Studium. Die meisten nahmen die Wartezeit wesentlich gelassener hin als sie.

Die Gespräche mit ihnen verbesserten ihre Laune nicht wesentlich. Sie war jemand, der das Arbeiten genoss und ohne Arbeit oder Studium sich nutzlos vorkäme. Außerdem mochte sie es, wenn die Dinge so liefen, wie sie es sich vorstellte.

So sehr sie auch versuchte, den Gedanken daran zu verscheuchen, die Sätze in dem Buch und die darauffolgenden Ereignisse, erschienen ihr etwas zu nah zusammenzuhängen.

Darum hatte sie es nach der Absage nicht mehr angerührt, sondern es in einer Ecke auf ihrem Schreibtisch unter einige alte Lehrbücher gelegt. Trotzdem war es für sie immer noch gedanklich präsent und sein Inhalt nagte an ihr. Auch wenn sie es sich nicht gerne eingestehen wollte, sie fragte sich, was passieren würde, wenn sie weiter darin lesen würde.

*War alles nur ein Zufall?*

Einige Tage später nahm sie das Buch schließlich wieder in die Hand, atmete tief durch und schlug es an irgendeiner Stelle auf:

*Wenn wir bei der Erfüllung unserer Wünsche feststecken,*
*ist es manchmal an der Zeit, eine neue Richtung einzuschlagen,*
*oder zum Ursprung unserer Reise zurückzukehren.*

*Denn willst du dort weitersuchen, wo es nichts mehr zu finden gibt?*

Nachdenklich sah sie auf diese Zeilen. Alles blieb ruhig, weder der Himmel fiel ihr auf den Kopf, noch passierte etwas Eigenartiges. Dennoch beließ sie es bei dieser Seite und las nicht weiter.

Auch wenn keine außergewöhnlichen Ereignisse im Äußeren in Gang gesetzt wurden, arbeiteten die Zeilen in den nächsten Tagen in ihrem Inneren. Immer wieder dachte sie an die Worte und fragte sich, ob sie nicht einen Kern Wahrheit enthielten. Denn was gab es in den nächsten Monaten für sie in Wien auch wirklich zu finden?

Nur wo sollte sie sonst suchen? Dafür fand sich schnell eine Lösung. Isa hatte ihr schon seit Ewigkeiten angeboten, sie in den Ferien in Sizilien zu besuchen und ein bisschen die Sonne, italienische Männer, Pizza und Wein mit ihr zu genießen. Eigentlich war Renate nicht wirklich reisefreudig. Sie verstand nicht, was man in der Ferne suchen sollte, wenn man es genauso in der Heimat finden konnte. Doch vielleicht war es diesmal der richtige Zeitpunkt, um die Gelegenheit am Schopf zu packen, eine Auszeit zu nehmen und das mit dem Reisen zu probieren. Schließlich machten das viele andere auch und waren ganz begeistert davon.

*Was konnte schon groß passieren?*, hatte sie sich gedacht und überraschend schnell eine Europatour zusammengestellt.

Sie würde runter nach Sizilien mit dem Zug und der Fähre fahren und Isa besuchen, dann mit einer anderen Fähre hinauf nach Sardinien und im Anschluss nach Frankreich. Zum Schluss würde sie Spanien erkunden. Die Route erschien, wenn schon nicht besonders bequem, doch zumindest halbwegs ungefährlich und umfasste einige europäische Länder. Das gab ihr die Möglichkeit ein Abenteuer zu erleben, das sicher erschien. Sie war bereit abzureisen, nur vermisste sie ein wenig das Gefühl von begeisterter Aufregung, wie sie es von anderen kurz vor solchen Reisen kannte.

Einige Tage später betrachtete sie vom Zug aus die vorbeiziehende Landschaft, mit dem Buch des Universums im Schoß. Ein Anteil von ihr wollte es zu Hause lassen, ein anderer konnte das einfach nicht. Sie wusste nicht, ob das Buch ihr helfen oder das Leben schwer machen würde. Letztendlich hatte sie sich aber doch entschieden, es auf ihre Reise mitzunehmen.

*Und jetzt?*, fragte sie sich im Stillen. Jetzt war sie auf Reisen. Sie freute sich Isa wieder zu sehen, aber das berühmte Reisefieber, von dem immer alle erzählten, schien sich bei ihr nur langsam durchzusetzen.

Nachdenklich trommelte sie mit ihren Fingernägeln auf den Tisch vor ihr und lauschte den dumpfen Tönen, die entstanden. Dann hörte sie mittendrin auf, nahm das Buch und schlug eine weitere Seite auf.

*Manche Dinge kommen mit der Zeit und andere werden nie geschehen.*

Sie wurde immer noch nicht so recht schlau aus diesem Buch. Schließlich legte sie es achselzuckend zur Seite und versuchte die nächsten zwei Stunden zu genießen, bevor sie in einem größeren Bahnhof in

Italien umsteigen musste. Sie sah der Sache mit einer gewissen Nervosität entgegen, weil sie kein italienisch sprach. Sie hatte zwar das eine oder andere Wort von Isa aufgeschnappt, aber was diese italienischen Ausdrücke nun bedeuteten, wollte sie lieber nicht herausfinden. So wie sie Isa kannte, waren es nicht unbedingt Worte, die sie in einer gepflegten Kommunikation verwenden sollte.

Als sie drei Stunden später auf einem Bahnhof stand und auf der verzweifelten Suche nach der Bahnsteignummer irritiert von links nach rechts blickte, bestätigten sich ihre Befürchtungen. Wobei nicht unbedingt die fehlenden Italienischkenntnisse das Problem waren. Ihr Zielort war schließlich in einem ihr bekannten Alphabet geschrieben, das sie durchaus lesen konnte und nicht in fremden Buchstaben. Aber sie tat sich schwer, sich auf dem fremden Bahnhof zurecht zu finden. Dazu kam, dass Renate zu viel ihrer Umsteigezeit mit ihrem Kaffee mit dem Buch und dem köstlichen cornetti al cioccolato in einer kleinen Bäckerei in der Nähe des Bahnhofes verbracht hatte. Das süße italienische Gebäck mit Schokofüllung hatte es ihr angetan. Nachdem sie jetzt im lebensfrohen Italien war, hatte sie sich anstecken lassen, die Dinge entspannter anzugehen und nun hatte sie den Salat. Als sie endlich die richtige Bahnsteignummer erblickte, sah sie bereits ihren Zug dort stehen. Der Schaffner hob die Hand, um die Abfahrt zu signalisieren und deutete ihr, sich zu beeilen. Sie wollte gerade losrennen, als ihr auffiel, dass ihr etwas fehlte.

»Das Buch!«, rutschte es ihr heraus.

Für einen Moment war sie hin und hergerissen, sie überlegte es einfach liegen zu lassen und mit dem Zug weiterzufahren, doch dann dachte sie an die Widmung und brachte es nicht übers Herz.

Sie ließ den Zug kopfschüttelnd fahren und ärgerte sich dabei maßlos über sich selbst. *Wegen eines Buches nun hier die Zeit zu vergeuden. Was ist nur los mit mir?*

Andererseits konnte sie die Situation nicht ändern und so ging sie in das gute Restaurant zurück, in dem man ihr noch einen köstlichen italienischen Kaffee und mehr von dem köstlichen Gebäck servierte.

Es hatte tatsächlich über drei Stunden gebraucht, bis der nächste Anschlusszug kam, der sie in die richtige Richtung brachte. Das bedeutete, dass sie erst die nächste Fähre erwischte und dass sie auf ihre gut recherchierte Stadterkundungstour in Genua verzichten musste.

Die restliche Zugfahrt verging relativ ereignislos, wenn man davon absah, dass sie unnötige Zeit am Bahnsteig verbracht hatte. Darüber hinaus fuhr sie länger als geplant mit dem Zug, denn dieser nahm die längere Route in Richtung Genua. Aber immerhin kam der Zug pünktlich an. Als sie ausstieg, warf sie einen Blick auf die Anzeigetafel und stellte verwundert fest, dass der Zug, mit dem sie eigentlich fahren wollte, noch immer nicht da war. Stattdessen wurde eine Ankunftszeit mit mehreren Stunden Verspätung angezeigt. Kurz dachte sie an das vergessene Buch, welches dafür verantwortlich war, dass sie den Zug, der nun mit Verspätung angezeigt wurde, verpasst hatte.

*Kann es sein dass das Buch...? Nein.* Kopfschüttelnd dachte sie sich, dass man anscheinend nie genau weiß, für was es gut sein kann doch mal einen Zug zu verpassen. Dann machte sich keine weiteren Gedanken mehr darum, sondern ging zur Fähre.

Als das Boot auslief und sie die verschwindenden Lichter von Genua beobachtete, kam zum ersten Mal so etwas wie ein bisschen Freude darüber auf, dass sie sich auf einer Reise befand. Doch war es nicht mehr als ein kleines Flackern. Sie fragte sich, ob da noch mehr kommen würde, denn bis jetzt waren die für sie angenehmen Augenblicke eher selten. Sie schwankte eher zwischen angespannt und genervt, wenn etwas nicht klappte, wie mit dem Zug. Mit einem Schulterzucken ging sie unter Deck und machte es sich auf einem der gemütlichen Liegensessel zum Schlafen bequem.

Am nächsten Tag erwachte sie mit einem Gefühl der Vorfreude. In einigen Stunden würde sie in Palermo Isa wiedersehen. Sie machte sich auf den Weg nach draußen. Sie setzte sich und genoss die Sonne und den warmen Wind auf ihrer Haut, während sie las. Anschließend begann sie über die Fähre zu wandern und sie auszukundschaften, bis sie in die Nähe von Sizilien kam. Über die Borddurchsage wurde schließlich bekanntgegeben, dass sie in Kürze in Palermo einliefen.

Nach einer weiteren gefühlten Ewigkeit des Wartens, legte die Fähre an. Renate packte ihren Rucksack und machte sich mit den anderen auf den Weg nach draußen.

Kaum war sie von Bord und durch den Ausgangsbereich, konnte sie Isa bereits aus der Ferne rufen hören.

»Renate! Reeeennaaatteee«.

Sie schaffte es gerade noch sich umzudrehen, bevor sie von dem Wirbelwind namens Isa getroffen wurde. Sie stolperte und fiel lachend fast zu Boden, während sie von ihrer Freundin umarmt wurde.

»Hey! Ich hab' dich auch vermisst«, sagte Renate freudig.

»Und ich erst! Ich muss dir unbedingt von diesem Wahnsinnstypen erzählen, den ich hier vor kurzem kennengelernt habe. Er ist wirklich ein Zuckerstück!«

Sie zwinkerte Renate dabei verschwörerisch zu, während sie sie an die Hand nahm und in Richtung Parkplatz steuerte. Und dort fiel ihr ein unglaublich gut aussehender Mann sofort ins Auge.

Er lehnte an einem mittelalten blauen Ford, die eine Hand lässig in der Hosentasche, winkte er Isabella und ihr zu. Renates Herz machte einen kurzen Hüpfer als es das sah, doch bemerkte Renate es kaum. Nur ein klein bisschen Neugier machte sich bei ihr bemerkbar:

»Isa, wer ist denn das?«

»Ach, das ist nur mein Bruder«, sie verdrehte die Augen und fährt dann fort: »Er studiert in Deutschland. Du weißt ja meine Eltern und ihr Auslandstick. Beachte ihn und seine spätpubertären Anflüge am besten einfach nicht weiter.«

Isa, zog sie bei der Hand zum Auto, während sich Renates Blick an Carlos festheftete, was sie so gut wie möglich zu verbergen versuchte.

Die Autofahrt über quetschte Isabella alle Details zu den aktuellsten Ereignissen in Wien aus ihr heraus. Doch zu ihrer Enttäuschung hatte Renate, abgesehen von der Absage ihrer Facharztstelle, nicht viel zu berichten. Isabella schien daran zwar Anteilnahme, aber weniger detaillierteres Interesse zu haben als ihr Bruder. Carlos hatte nämlich ziemlich viele Fragen zu den Umständen der Absage. Zunächst fand Renate das verwunderlich und etwas unangenehm, aber sie bemühte sich dennoch so gut wie möglich zu antworten. Wie sich kurz darauf herausstellte, studierte er auch Medizin, ein kleines Detail, das Isa offensichtlich vergessen hatte zu erwähnen. Damit war für sie klar, dass er selbst sich wohl auch bald um eine solche Stelle bewerben musste und somit hatte sie eine logische Erklärung für sein Interesse gefunden. Zumindest war sie der Meinung.

Als sie nach einer längeren Autofahrt bei Isabellas und Carlos Familie angekommen waren, gab es ein echtes italienisches Festmahl mit allem Drum und Dran. Alle genossen das sizilianische Essen, den dunklen Rotwein, der die Zunge löste und die untergehende

Sonne, die man gut von der Terrasse des Landhauses beobachten konnte.

Renate verstand wenig von dem, was kreuz und quer über den Tisch gesprochen wurde. Die wenigen Fragen, die direkt an sie gerichtet wurden, hatte Isa schnell für sie beantwortet. Und so hob sie nur ab und zu das Glas, um mit allen anzustoßen. Immer wieder versuchte Isa sie über die Tischgespräche auf dem Laufenden zu halten, doch Renate versicherte ihr, dass es dafür keine Notwendigkeit gab. Sie war sehr zufrieden und erfreute sich an den sizilianischen Speisen und Wein. Außerdem fand sie es köstlich zu beobachten, wie alle mit Händen und Füßen und in den unterschiedlichsten Tonlagen lachten und heiß diskutierten.

Es war eine andere Welt als die, die sie von zu Hause kannte. Sie konnte durchaus Gefallen an dieser hier finden, auch wenn sie etwas wilder war, als ihre Gewohnte. Dabei kam sie nicht umhin zu bemerken, dass Carlos etwas weniger an den Unterhaltungen beteiligt war und ihr stattdessen immer wieder verstohlene Blicke zuwarf. Sie war sich nicht sicher, was sie davon halten sollte, aber irgendwie gefiel es ihr.

Nachdem das Essen zu Ende war, löste sich die Runde langsam auf und alle verabschiedeten sich gut gelaunt voneinander. Isabella nahm Renate mit in ihr Zimmer, wo ein zweites Bett für sie gerichtet war.

Als Renates Blick durch das Zimmer schweifte, musste sie das eine oder andere Schmunzeln unterdrücken. Sie entdeckte einige Poster an den Wänden, auf denen wohl Isabellas alte Jugendidole abgebildet waren. Sie fühlte sich mindestens ein Jahrzehnt zurückversetzt.

»Was denn?«, begehrte Isabella auf. »Die Jungs sehen noch immer heiß aus.«

Dabei grinste sie und deutete Renate sich neben sie aufs Bett zu setzen: »Apropos!«.

Was folgte, war Isabellas Schwärmerei für einen bezaubernden neuen Nachbarn, den sie seit sie hier war das ein oder andere Mal schon getroffen hatte. In Renates Ohren klang es zwar nach einer äußerst übertriebenen Beschreibung und sehr vielen Gefühlen für eine kurzweilige Liebelei, doch sie gönnte es Isa von Herzen.

»Und heute Nacht werde ich ihn wiedersehen.« beendete sie ihre ausführliche Erzählung.

»Was?«

»Ja, wir haben eine romantische Verabredung bei Kerzenlicht und wer weiß, was sonst noch passiert«, sie zuckte mit den Schultern und zwinkerte Renate verschwörerisch zu.

»Wirklich?«, Renate wusste nicht, ob sie traurig sein sollte, dass Isa offensichtlich schon wieder auf dem Sprung war oder lachen sollte, weil Isa einen herzzerreißend verknallten Eindruck machte.

Sie entschied sich für etwas dazwischen und fragte Isa:

»Also, du triffst ihn heute noch? Wann?«

Isa sah auf die Uhr.

»Eigentlich in einer Stunde erst, aber ich wollte ihn schon etwas früher überraschen! Ist es okay, wenn ich dich hierlasse? Ich würde dich ja mitnehmen, aber-«

Nun lachte Renate doch.

»Danke Isa, aber Nein, danke. Ich glaub, ich muss nicht daneben sitzen, während ihr unterm Sternenhimmel knutscht.«

Isa grinste.

»Das hab' ich mir schon gedacht. Da wäre nur noch eine Kleinigkeit.«

Isa sah sie verschwörerisch an.

»Es wäre ganz gut, wenn meine Eltern nicht unbedingt wüssten, dass ich nachts unterwegs bin. Er ist neu hier und bei uns auf dem Land machen die Sachen schnell die Runde. Meine Eltern machen sich gerne Sorgen um den Ruf unserer Familie. Außerdem sind sie irgendwie auf die neu hinzugezogenen nicht gut zu sprechen. Keine Ahnung, was sie da haben.«

»Und das heißt jetzt?«

»Das heißt, falls ich zuuuuuffällig nicht rechtzeitig zurück sein sollte, dann sag einfach morgen früh beim Frühstück, dass ich noch schlafe, okay?«

»Isa, wirklich?«

»Ja, komm schon, ich bin wahrscheinlich rechtzeitig wieder da.«

Renate konnte es Isa, die sie mit Herzchen in den Augen anblickte, einfach nicht abschlagen und willigte ein.

Anschließend stieg Isa in einer sehr romantischen Art und Weise tatsächlich durch das Fenster auf das Dach der Garage, um von dort, über einen Baum hinunter, ins Freie zu gelangen. Renate fragte sich, ob sie in einem schlechten Film gelandet war, als sie das sah. Kurz blickte sie Isa hinterher, die ihr noch zuwinkte, bevor sie in der lauen Sommernacht verschwand.

Durch das Fenster konnte sie den Mond sehen. Es war fast Vollmond, wodurch die Dunkelheit der Nacht etwas erhellt wurde. Trotzdem konnte sie hier draußen auf dem Land unzählig viele Sterne am Himmel sehen. Bei diesem Anblick packte sie die Abenteuerlust, wie es sonst eher selten der Fall war und sie beschloss, eine Runde unter dem Sternenhimmel zu spazieren. In dieser Gegend schienen nicht viele Menschen zu sein – schon gar nicht nachts - und so hatte sie bestimmt die Natur für sich.

Vorsichtig streckte sie einen Fuß durch das Fenster und tastete nach etwas, worauf sie stehen konnte. Sie belastete den Fuß auf der anderen Seite des Fensters immer mehr mit ihrem Gewicht und begann den zweiten Fuß langsam nachzuziehen. Doch das Knirschen unter ihren Füßen, das sie bei Isas Ausstieg nicht wahrgenommen hatte, überzeugte sie sehr schnell davon, dass das keine gute Idee war. Sie hatte Angst abzurutschen oder irgendwo durchzubrechen und damit alle aufzuwecken. Offensichtlich musste man diesen Weg schon öfters genommen haben, um sicher nach unten zu finden.

Daher überlegte sie es sich anders, kletterte wieder ins Zimmer, durchquerte es und öffnete leise die Tür. Draußen war es still. So laut und fröhlich die Runde noch vor kurzer Zeit gewesen war, so fest schienen jetzt alle zu schlafen. »Na das passt schon eher als Weg nach draußen«, flüsterte sie leise und betrat den Flur. An der Eingangstür des Hauses dachte sie schon, sie hätte es geschafft unbemerkt nach draußen gekommen zu sein, als eine Stimme sie bis ins Mark erschreckte.

»Kann ich dir irgendwie helfen?« Sie wirbelte umher und hätte beinahe eine Vase von einem kleinen Tisch gefegt, doch Carlos war blitzschnell neben ihr und stabilisierte das Gefäß. Er stellte die Dekoration wieder ab und sah sie entspannt an.

*Wie hat er das gemacht?*, fragte sie sich und da fiel ihr wieder ein, dass sie ihm noch eine Antwort schuldete:

»Ich … ich wollte einfach noch ein bisschen den Sternenhimmel genießen. Er leuchtet heute so schön.«

Sie glaubte zu erkennen, wie Carlos lächelte, während er sie beobachtete. Sie spürte, wie kleine Schmetterlinge in ihrem Bauch zaghafte Flügelbewegungen machten. Es waren die ersten Gefühle von Verliebtheit für Carlos, die sich da in ihr ausbreiteten.

Er ging an ihr vorbei nach draußen und blickte zum Himmel. Es machte sie leicht nervös, als sie ihn so nah an sich herankommen spürte. Sein Gesicht war nicht weit von ihrem entfernt.

»Ja, es ist eine besondere Mischung«, er sah sie lächelnd an und lehnte sich dann an die Mauer, als er fortfuhr:

»Ich komme immer gerne aus München hierher zurück. Der Sternenhimmel, die Landschaft und die Familie. Aber du solltest bedenken, dass es auch nicht ganz ungefährlich hier in der Gegend ist. Alleine herumzustolpern, ohne sich auszukennen, ist wohl nicht die beste Idee. Darf ich dich ein Stück auf deinem Spaziergang begleiten?«

Er streckt seine Hand zu ihr aus und Renate überlegte kurz. Doch ihr Herz hatte die Entscheidung bereits vor ihrem Kopf gefällt und so nickte sie ihm freundlich zu und legte ihre Hand in seine.

»Komm, ich zeig dir was«, sagte er und führte sie auf einen schmalen Pfad, durch das trockene Gras in der einsamen Landschaft. Es schauderte sie ein bisschen bei dem Gedanken, dass sie gedacht hatte, hier alleine herumzulaufen. Das alte Steinhaus auf der kleinen Anhöhe war bald außer Sichtweite, denn ihr Weg führte sie bergab. Ohne Carlos hätte sie wohl recht schnell die Orientierung verloren. Er gab ihr das Gefühl, gut aufgehoben zu sein. Einige Schmetterlinge, nutzten die Gelegenheit, um abzuheben und ihr ein weiteres zauberhaftes Kribbeln der Verliebtheit zu bescheren. Sie fühlte sich eindeutig zu ihm hingezogen, obwohl das bei ihr normalerweise länger dauerte. Wesentlich länger, wie sie sich still erinnerte.

Der Mond schien in dieser Nacht größer zu sein und heller zu strahlen als sonst. Sie hatte fast den Eindruck, Zeichnungen der Krater darauf erkennen zu können.

An der Seite von Carlos konnte sie in Ruhe all die schönen Eindrücke in sich aufnehmen. Sie fand es angenehm, dass man gut mit ihm schweigen konnte. Ihrer Meinung nach war es eine Qualität, die man nur mit ganz besonderen Menschen erleben konnte.
Am Fuße des Berges angekommen, nahmen sie eine Abzweigung und Carlos führte sie zu einem kleinen See. Er war nicht groß und doch umgab ihn eine Aura von etwas Besonderem. Der Mond und die Sterne, die sich in ihm spiegelten, verliehen ihm einen zauberhaften Glanz.

»Tada«, sagte Carlos mit einem Lächeln im Gesicht, als er ihre Hand losließ, was sie insgeheim schade fand.

»Er ist nicht sonderlich groß und dennoch ist er etwas Besonderes. Sizilien ist eigentlich sehr trocken und trotzdem taucht dieser kleine See immer wieder auf. Ich vermute mal, er wird von den unterirdischen Quellen gespeist, von denen wir hier einige haben. Man kann aber nie genau sagen, wann und wie er entsteht, auch nicht wie lange es dauert, bis er wieder austrocknet. Aber jetzt gerade ist er hier. Für uns ist es immer ein kleines Wunder, wenn er auftaucht, denn er bringt seine Umgebung zum blühen.«

Als Renate sich umsah, erkannte sie, was er meinte. Rund um den See konnte sie viele gelbe und violette

Wiesenblumen zwischen saftigen Gräsern erahnen, ganz im Gegensatz zu den Gewächsen, die weiter oben auf dem Weg zu finden waren.

»Wow«, entkam es ihr. Es war schön zu sehen, wie die Natur hier erblühte.

»Traumhaft hier, oder?«, fragte Carlos.

»Wunderschön«, hauchte Renate.

Sie setzten sich auf ein paar Steine in der Nähe des Sees und genossen die Stille, während sie das kleine Wunder auf sich wirken ließen. Sie wechselten kaum ein Wort und doch entwickelte sich zwischen ihnen eine besondere Form der Nähe. Für einen Moment hatte Renate den Eindruck, dass sich ihre beiden Hände wieder berührten, was ihr eine wohlige Gänsehaut bescherte. Doch es war so kurz, dass sie sich nicht sicher sein konnte.

Später gingen sie wieder zurück und sie ließ sich erneut von Carlos führen. Langsam hatte sie den Eindruck, etwas Begeisterung für das Reisen zu finden, aber vielleicht war es auch nur Carlos und seine Ausstrahlung, die ihr Lust auf neue Entdeckungen machten.

Als sie wieder zum Haus zurückgekehrt waren und vor der Haustür standen, sahen sie sich für einige Sekunden tief in die Augen. Die Sterne über ihnen glitzerten und ein leichter Wind zog über das Land, dessen salziger Geschmack, von dem nicht allzu fernen Meer erzählte.

Carlos beugte sich zu ihr und gab ihr einen zarten Kuss auf ihren Mund, der sich bereits danach sehnte, berührt zu werden. Der Kuss war intensiv und schmeckte nach Abenteuer. Er erzählte Renate von dem, was noch kommen könnte. Es gefiel ihr.

»Gute Nacht, Renate«, sagte er, als er sich mit einem Lächeln von ihr löste.

»Gute Nacht, Carlos«, antworte Renate und ihr wurde bewusst, dass dieser Abend etwas Besonderes war.

Viel mehr wurde an diesem Abend nicht mehr gesagt und das war auch nicht weiter notwendig. Sie gingen beide auf ihre Zimmer.

*So eine Reise kann ja doch ziemlich interessant sein,* war ihr letzter Gedanke, bevor sie mit einem Grinsen auf ihren Lippen einschlief.

Als Renate am nächsten Tag aufwachte, war Isa von ihrem nächtlichen Ausflug nicht zurückgekehrt, wie sie an ihrem unberührten Bettzeug sah. Aber Renate machte sich keine weiteren Gedanken darüber, immerhin schwelgte sie selbst noch in den Erinnerungen an ihr eigenes nächtliches Erlebnis. Sie beschloss noch eine Weile im Bett zu bleiben und den Morgen ruhig anzugehen. Schließlich hatte sie keine allzu wichtigen Termine in nächster Zeit und versuchte das bestmöglich zu nutzen.

Irgendwann am späten Vormittag ging sie hinunter und traf auf die Mutter der Familie, die dafür sorgte, dass sie mit duftendem Kaffee und Brötchen versorgt war. Renate versuchte ihr zu erklären, wie dankbar sie war und erntete dafür ein Lächeln. Mehr Unterhaltung war aufgrund der Sprachbarriere allerdings nicht möglich.

Sie nahm ihr Frühstück mit auf die Terrasse, die mit einem rustikalen Holztisch und zwei Bänke in der Sonne den perfekten Ort bot, um in den Tag zu starten. Sie genoss den Moment in vollen Zügen, lies ihren Blick über die Landschaft schweifen und war mit der Entwicklung ihrer Reise ziemlich zufrieden.

Wenig später erschien Carlos und machte es sich ihr gegenüber bequem.

»Na, gut geschlafen?«

»Sehr gut«, antwortete sie zufrieden. Beim Hinsetzen berührte er kurz ihre Hand, jedoch war seine Zurückhaltung eindeutig zu spüren. Es lag wohl daran, dass sie hier zu Hause bei seinen Eltern waren. Sie konnte es verstehen, auch wenn sie ihn lieber neben sich gehabt hätte, um sich an ihn zu kuscheln.

»Wo ist eigentlich Isa?«, riss er sie aus ihren Tagträumereien, die so gar nicht zu ihr passten.

»Sie, ähm, schläft noch«, versuchte Isa so glaubwürdig wie möglich zu antworten.

»Ist das so?«, fragte Carlos nach und Renate hatte plötzlich den Eindruck, überaus forschend beäugt zu werden.

»Ja, sie ist wohl erschöpft.«

»Erschöpft? Isa?«.

Carlos schien ihr nicht wirklich zu glauben, doch zum Glück beließ er es dabei und grinste sie wissend an.

Sie aßen gemeinsam ihr Frühstück zu Ende und sie nahm Carlos Angebot an, ihn auf einen kleinen Spaziergang zu begleiten. Vorher versuchte sie allerdings nochmals Isa zu erreichen. Ihr wurde die Sache zunehmend unangenehm und vor allem hatte sie überhaupt kein Interesse daran Carlos anzulügen, gerade jetzt, wo sich eine schöne Vertrautheit zwischen ihnen zu entwickeln begann.

*

*Wenn da nicht diese Sache mit Isa und dem Buch gewesen wäre,* denkt sich Renate, als sie wieder in den Park vor dem Krankenhaus aus ihren Tagträumen zurückkommt. Sie blickt auf die Bäume, deren Blätter sich im Wind hin- und herwiegen. Es waren aber auch besondere Zeiten, wie sich Renate eingestehen muss. Vor allem das Kennenlernen mit Carlos. Der Kaffee in ihrer Hand ist schon längst kalt geworden und sie sollte sich langsam auf den Weg nach Hause machen, doch jetzt gerade interessiert sie das nicht. Sie bleibt sitzen und schwelgt nochmals in all den Details, die ihr aus der ersten wirklichen Begegnung mit Carlos am See in Erinnerung geblieben sind.

# 15.

Isabella und Angelica sind in der Zwischenzeit zu einem Spaziergang aufgebrochen und haben Carlos mit seinem Whiskeyglas alleine gelassen.

Einige Zeit spazieren sie still vor sich hin und geben einander Raum für ihre eigenen Gedanken. Schließlich legt Tante Isabella die Hand um Angelicas Schulter und eröffnet das Gespräch.

»Irgendwie verwirrende Zeiten, oder?«

»Ja …«, antwortet Angelica und weiß nicht, was sie dem noch hinzufügen soll.

»Wollen wir mal über das Buch des Universums reden?«

»Woher-? Was weißt du denn darüber?«

»Ich hatte es ebenfalls eine Zeitlang in Verwendung, wenn man das so nennen möchte.«

»Du?«

»Ja«, Isabella lächelt. »Das Buch hielt für mich einige interessante Erkenntnisse bereit, die zu

Entscheidungen führten, mit denen Renate nicht so recht glücklich wurde.«

»Was hatte denn meine Mutter mit deinen Entscheidungen tun?«

Isabella seufzt.

»Hat sie es dir denn nicht erzählt?«

Angelica schüttelt verdutzt den Kopf.

»Na gut, aaaalso dann versuche ich dir mal etwas Einblick in die damaligen Entwicklungen zu geben. Es waren wilde Zeiten, ähnlich wie jetzt«, sagt sie augenzwinkernd. »Es war der Sommer, in dem Renate mit dir schwanger wurde. Ich wohnte mit ihr zusammen und beschloss über den Sommer zu meiner Familie zu fahren. Es war so üblich, dass ich in den Sommerferien nach Hause fuhr. Sizilianische Familie, aber vor allem auch sizilianisches Essen und ...«, sie führt Daumen, Zeige- und Mittelfinger einer Hand zusammen, hebt sie zum Mund und küsst sie »sizilianische Männer.«

Angelica grinst.

»So, so.«

»Genau. Deine Mutter hatte nach meiner Abreise keine leichte Zeit. Ihre sicher geglaubte Facharztstelle wurde abgesagt. Das Buch brachte sie wohl auf die Idee, sich auf eine Reise zu begeben und sie beschloss ihre erste Station bei mir zu machen. Würde man ihr heute gar nicht zutrauen, oder? Dass sie einfach ihr

Zeug packt und sich auf und davon macht. Ehrlich gesagt, glaub ich auch eher, dass es ein Verzweiflungsakt war, als wirklich ein Herzensprojekt. Auf jeden Fall tauchte sie bei unserer Familie auf und wir verbrachten einen schönen Abend miteinander. Nur ich ...«

»Jaaa?«, hakt Angelica nach.

»Ich bin nicht sonderlich stolz darauf. Aber ich bin an dem Abend ausgebüchst und hab' sie bei meiner Familie allein gelassen. Es gab da einen wirklich attraktiven Kerl, der sich leider bald als Lügner entpuppt hat.«

»Warum das?«

»Sagen wir mal einfach, dass seine Attraktivität mir zum Verhängnis wurde. Ich war früher als geplant da und durfte ihn an diesem Abend mit einer anderen überraschen und war natürlich furchtbar verletzt.«

»Oh man, das klingt gar nicht gut.«

»War es auch nicht. Mein kleines unschuldiges Herz war zerbrochen.«

»Unschuldig?«, Angelica hebt zweifelnd eine Augenbraue.

»Ja unschuldig!«, beteuert Isabella felsenfest »Und ich hatte kein Interesse in diesem Zustand meiner Familie gegenüberzutreten. Denn sie hatten von Anfang ja keine Freude mit dem neuen Nachbar. Darum sollten sie auch nicht wissen, dass ich ihn traf.

Mein gebrochenes Herz ließ sich allerdings schwer verbergen und so bin ich an dem Tag einfach losgelaufen, ohne genau zu wissen, wohin. Einfach nur geradeaus.«

Angelica erinnert sich an ihre Verabschiedung von Marlena, nach der sie etwas Ähnliches gemacht hatte, ohne dass es dabei um einen Typen ging. Sie nickt verständnisvoll.

»Tja und so bin ich bei Alessio gelandet.«

»Alessio?«

Ihre Tante wird plötzlich rot. Etwas, das Angelica irritiert. Das hatte sie bei Isabella noch nie erlebt.

»Meinem, ähm Freund.«

Angelica grinst.

»Ach so.« entgegnet sie vielsagend.

»Genau ach so«, ihre Stimme lässt erkennen, dass das Thema Alessio damit vorerst beendet ist. »Alessio hat mich an dem Tag bei sich aufgenommen. Ich bin bei ihm in die Scheune geklettert und er hat mich mit Kakao wieder aufgepäppelt.«

»Und dann?«

»Also hmm«, Isabella hebt ihren Hut und kratzt sich am Kopf, »ich weiß gar nicht genau wie ich das so erklären soll, wenn ich heute drüber nachdenke, kommt mir das alles so unwirklich vor. Aber Alessio hat an diesem Abend nicht viel gesagt, sondern eher zugehört. Am nächsten Morgen legte er mir

Arbeitskleidung hin und sagte ich könne gerne einige Tage bleiben, um wieder mit meinem Leben zurecht zu kommen, aber dann müsste ich meinen Teil dazu beitragen. Er war bereits als Jugendlicher Waise geworden, weil seine Eltern bei einem Autounfall verstorben sind. Sie haben ihm mehr Land hinterlassen als er tatsächlich bewirtschaften konnte. Doch er hatte schon immer den Ehrgeiz all das zu erhalten. Den hatte er von seinen Eltern geerbt. Ich beschloss also ihm so gut es mir möglich war zur Hand zu gehen. Die Arbeit war hart, aber es lenkte mich nicht nur von meinem Liebeskummer ab, es gab mir auch eine gewisse Genugtuung. Ich konnte am Ende des Tages zurücksehen und fast immer das Ergebnis meiner Mühen sehen. In meinem Studium war das leider nicht so der Fall. Obwohl ich sicher eine grandiose Tierärztin geworden wäre, nicht wahr?«

»Sowieso«, stellt Angelica fest.

»Du hast es erfasst. Ganz meine Nichte.«

Tante Isabella gibt ihr einen Kuss auf die Wange.

»Auf jeden Fall kamen deine Eltern einige Tage später zu uns auf die Farm. Renate hatte mich mehrmals angerufen, weil sie sich Sorgen um mich gemacht hatten. Ich war schließlich von meinem heimlichen Treffen mit dem schicken Nachbarn nicht wieder zurückgekommen. Ich beruhigte sie zum Glück recht schnell, doch die Frage war nun, was sie jetzt noch bei meiner Familie tun sollte, ursprünglich war sie ja wegen mir dorthin gekommen. Sie weihte Carlos ein und die beiden erklärten meinen Eltern, dass sie mich suchen wollten, um zu sehen, ob alles in Ordnung war. Ich gab Carlos die Adresse und er hatte mir geschworen meinen Eltern nicht zu verraten, wo sie mich finden. Er hat Wort gehalten.«

Isabella sieht bei diesen Worten aus, als wäre sie sehr zufrieden mit dieser speziellen Leistung ihres Bruders.

»Erst als die beiden auf der Farm auftauchten merkte ich, dass ich anscheinend nicht die einzige war, die in den letzten Tagen ein Techtelmechtel hatte. Carlos und Renate waren sich anscheinend nähergekommen und genossen es, einige Tage bei Alessio und mir zu verbringen. Da konnten sie ihre Zuneigung offen füreinander zeigen.«

Nun musste Angelica grinsen.

»Also meine Eltern haben sich unter einem Vorwand davongemacht, um heimlich was miteinander anzufangen?«

Isabella zwinkerte ihr zu.

»Naja, nicht ganz, sie waren ja erwachsen und wir hatten nicht das neunzehnte Jahrhundert, wo das alles furchtbar verpönt gewesen wäre, aaaaaber sagen wir es mal so, unter den Augen meines sizilianisches *Patri* wäre ein Techtelmechtel zwar aufregend aber durchaus etwas schwierig geworden. Also kam ihnen meine Flucht gerade recht. Alessio mimte bei dieser ganzen Angelegenheit wie immer den großen Schweiger. Er holte weitere Arbeitsklamotten heraus und ließ uns alle mitarbeiten. Für einige Tage wurden wir eine recht lustige Runde. Ich hab' erst später verstanden wie Alessio tickt. Er ist ... «

»Eigen?«, fragt Angelica.

»Genau. Woher weißt du denn das?«, hakt Isabella erstaunt nach.

»Ich weiß nicht, es war das Wort, mit dem Mama das Buch beschrieb hatte, als ich sie von Genua aus anrief.«

»Ja es gibt Gemeinsamkeiten zwischen ihm und dem Buch, aber das bereden wir später noch. Auf jeden Fall ließ Renate relativ schnell durchblicken, dass sie nicht wahnsinnig begeistert davon war, wie ich es genoss auf der Farm meine Zeit zu verbringen. Sie spürte wohl schon, dass es mir hier gut gefiel und was das für Konsequenzen haben könnte.«

»Aber wieso, was ging sie das an?«

»Tja, da kann ich nur mutmaßen, aber einerseits hatte deine Mutter wohl Angst, mich zu verlieren und andererseits sieht Renate in den Menschen immer sehr viel Potential und glaubt zu wissen, was aus ihnen werden könnte. Es entsprach nicht ihrer Vorstellung, dass ich in der Pampa bleibe.«

»Ich glaub, das kenne ich von ihr«, murmelt Angelica. Isabella drückt sie fest an sich.

»Nicht verzweifeln, das wird schon noch mit dir und deiner Mutter. Damals hatte Renate auf jeden Fall nicht nur Carlos im Gepäck, sondern auch das Buch des Universums und sie überließ es mir an einem dieser Tage als Leihgabe. Sie war sich schon damals nicht so recht sicher was sie davon halten sollte. Da das, was sie mir davon erzählte nur wenig Sinn machte, bat ich sie es mir zu borgen. Ich wollte der Sache selbst auf den Grund gehen und sie hoffte vielleicht, dass es mich wieder zur Vernunft bringen würde – wer weiß.«

Isabella hält kurz inne bevor sie weiterredet.

»Wir waren nicht lange alle gemeinsam vor Ort. Lass es ein oder zwei Wochen gewesen sein. Da packte Renate auf einmal das Reisefieber und weil sie und Carlos sich immer näherkamen, machten die beiden sich zusammen auf den Weg. Renate und Carlos wollten sehen, wie weit sie gemeinsam auf ihrer Route kamen. Das Buch blieb bei mir. Renate versprach mir, uns beide so oder so abzuholen. Ich willigte ein, auch wenn ich ein mulmiges Gefühl dabei hatte. Mir wurde da langsam klar, dass ich vielleicht gar nicht mehr zurück nach Wien gehen würde.« ein Gesichtsausdruck, den Angelica nicht so recht deuten kann, huscht über das Gesicht ihrer Tante, bevor sie fortsetzt:

»In dieser Zeit merkte ich, dass es mir bei Alessio immer besser gefiel. Und das lag nicht mal nur an ihm. Ich mochte die Arbeit und das Buch begann mir langsam etwas aufzuzeigen. Aber wohl nicht das, was sich deine Mutter erhofft hatte, sondern dass ich eine bestimmte Aufgabe im Leben hatte, nämlich meine Ranch zu bauen. Am Anfang konnte ich es nicht glauben und wehrte mich gegen diese Idee. Ich fand sie vollkommen überdreht, aber es schien nicht locker zu lassen. Zuerst las ich etwas und mir kam die Idee von der Ranch. Dann wollte ich es wieder vergessen und es fiel mir wie von selbst wieder in die Hände. Ich hatte das Gefühl, es wurde noch dringender in seinen Aussagen und so stolperte ich gefühlt jeden Tag in der einen oder anderen Situation darüber. Du weißt ja, das Buch scheint manchmal so etwas an sich zu haben, dass es einen nicht mehr so recht loslässt.«

Angelica sah sie staunend an und nickte. Wie gut es ihr tat zu hören, dass nicht nur ihr so komische Sachen mit dem Buch passierten.

»Ich versuchte die Sache wieder zu vergessen, aber es war Alessio, der das nicht zuließ. Nach einem der harten Arbeitstage saßen wir auf der Terrasse bei Wein, Ciabatta und gutem Käse und er fragte mich, ob ich ihm denn nicht endlich erzählen wollte, was los sei. Er fand es langsam etwas nervig darauf zu warten, bis ich einen Schritt vorwärts machen würde, weil doch die Zeichen bereits überall darauf hindeuteten.«

»Die Zeichen?«, fragt Angelica nach.

Isabella seufzt.

»Wie soll ich dir das jetzt erklären, ohne dass du mich für komplett verrückt erklärst«, überlegt Isabella laut.

»Na ob das nicht zu spät ist?«.

»Hey, aufpassen Lieblingsnichte.«

»War nicht so gemeint«, antwortet Angelica grinsend.

»Das will ich doch hoffen. Also, Alessio liest die Sprache der Natur.«

»Er tut bitte was?«

»Siehst du, da haben wir den Salat. Von wegen verrückt und so.«

Sie atmet tief durch.

»Weißt du, wenn man eine eigene Ranch voll exotischer Tiere hat und sich eingestehen muss, dass man im Vergleich zu seinem Lebenspartner der Normale ist, dann ist das wirklich gewöhnungsbedürftig.«

»Lebenspartner schon?«

»Zurück zum Thema. Ich versuche es dir so zu erklären, wie er es mir beschrieben hat. Alles im Leben ist miteinander verbunden - manches mehr, manches weniger. Die Dinge gehören zusammen und wenn man sich für das, was kommen soll, öffnet, dann kann man die Zeichen der nächsten Geschehnisse überall lesen. Im Wind, im Flug der Vögel, in der Art, wie die Blätter rauschen. Für Alessio ist die Natur ein Buch, in dem er lesen kann. Eigentlich komisch, denn ansonsten hat er es nicht so mit dem Lesen.« Isabella kichert, während Angelica sie mit offenem Mund ansieht.

»Ehrlich? Also die Sache mit der Natur?«, rutscht es Angelica verblüfft heraus.

»Ja und das war auch der Grund, warum sich einige Dinge anders entwickelten, als deine Mutter sich das erhofft hatte.«

»Klingt nach einer intensiven Zeit«, sagt Angelica.

»Das war es auch und es wurde noch besser. Alessio stand meiner Idee für die Ranch nicht nur aufgeschlossen gegenüber, er bot mir sogar an, mir ein Stück des Landes zu erarbeiten, um sie dort zu aufzubauen. Sein Problem war, dass er zwar viel Land hatte, aber keine vertrauenswürdigen Menschen, mit denen er gemeinsame Sachen machen wollte. Tja und zusammen arbeiten konnten wir vom ersten Tag an gut und zu vertrauen schien er mir auch.«

»Warum denn eigentlich?«, fragt Angelica erstaunt nach.

»Tja das hab' ich ihn auch gefragt. Er meinte, das Land vertraue mir, da ich mich gut um es kümmere und so würde auch er mir vertrauen.«

»Der Typ ist wirklich speziell, oder?«

»Aber sowas von. Nun war ich mit dem Buch und Alessio alleine und begann, ihm auf seinem Land zu helfen. Ich gebe zu, ich zweifelte noch hin und wieder an der Idee mit der Ranch, doch je aufgeschlossener ich wurde, desto hilfreicher schien das Buch zu werden und desto mehr konnte ich damit anfangen. Ich gewöhnte mich langsam daran, das Buch bei all meinen Entscheidungen zu Rate zu ziehen. Nach und nach bauten Alessio und ich gemeinsam die Ranch auf. Die Zeit verging wie im Flug, auch wenn es hart war und wir fingen an, uns immer besser zu verstehen. Der eine wusste oft, was der andere brauchte und ich begann meine Talente zu entdecken, sowohl für seine Olivenbäume als auch für die Tiere. Ich fragte mich manchmal, ob er wirklich so begeistert war von dem, was ich tat. Ich bin mir bis heute nicht sicher. Aber was mir immer klarer wurde ist, dass er auf sein Gefühl hörte und auf das, was die Natur ihm sagte. Mehr als auf alles andere. Ich versuchte es ihm gleichzutun und auch wenn es mir nicht immer gelang, machte ich meine ersten kleinen Schritte in diese Richtung. Ich beschäftigte mich aber nicht ernsthaft damit, denn ich hatte ja das Buch, das all meine Fragen zu beantworten schien.«

»Klingt abgefahren, cool irgendwie«, stellt Angelica fest und Isabella lacht.

»Sowas von. Doch etwa einen Monat später kamen Renate und Carlos zurück. Sie waren überrascht, als sie sahen, dass ich mich häuslich einzurichten begann. Carlos nahm es auf seine eigene Art und Weise hin. Er fragte mich nur, ob es unsere Eltern wüssten und ich verneinte. Er redete mir ins Gewissen, sie über das, was ich hier tat aufzuklären und drückte mich von Herzen. Er wusste, es würde nicht einfach sein. Ich vermute, er kannte seine Schwester gut genug, um zu wissen, dass ich mich selten umstimmen ließ, wenn ich etwas gefunden hatte, das mir gefiel. Renate allerdings war richtig sauer. Zumindest dachte ich das damals. Heute glaube ich, es war ihre Angst um mich und die Traurigkeit ihre Freundin zu verlieren. Auf jeden Fall stellte sie mich zur Rede, was hier los ist und wie ich auf die seltsame Idee käme, hier mitten im Nirgendwo eine Ranch zu bauen. Ich erzählte ihr, dass mir die Idee dazu beim Lesen des Buches kam. Darum gab sie wohl dem Buch des Universums die Schuld und nahm es mir wieder weg.«

»Oh man!«, stößt Angelica frustriert aus.

»Genau. Am Anfang war ich am Boden zerstört, denn ich hatte mich an das Buch gewöhnt. Jetzt hatte ich plötzlich das Gefühl, am Beginn einer neuen Reiseroute zu stehen, für die mir gerade mein Reiseführer geklaut wurde«, Isabella lachte bevor sie weitererzählte: »Am Tag nach unserem großen Streit fuhr Renate zurück nach Wien. Ich hatte also plötzlich eine Freundin, die furchtbar sauer auf mich war. Zusätzlich hatte ich mich auf ein Abenteuer begeben, auf das mich ein Buch brachte auf dessen unterstützende Ratschläge ich nun leider keinen Zugriff mehr hatte. Das dachte ich zumindest.«

»Was? Wieso dachtest du das nur?«

»Weil es nie ausschließlich um das Buch geht. Das ist etwas, das du begreifen musst, Angelica. Ich konnte es am Anfang auch nicht verstehen und fühlte mich orientierungslos, als das Buch verschwunden war. Zum Glück hatte ich Alessio und er ließ nicht locker. Er weckte mich jeden Morgen und brachte mich dazu, weiterzumachen, indem er tat als wäre nichts weiter geschehen. Und er hatte Recht.«

»Inwiefern Tante Isabella?«

»Weil *ich* diese Ranch aufbauen wollte, Angelica. Weil es mein inneres Bestreben war, das zu tun. Das Buch war nicht mehr als eine Art hilfreiche Landkarte. Doch wir sind nicht wirklich auf das Buch angewiesen. Je mehr ich Alessio beobachtete, desto bewusster wurde mir das. Er brauchte kein Buch. Er hielt oft bei der Arbeit inne, stützte sich auf sein Arbeitsgerät, schloss die Augen und lauschte der Welt. Manchmal, während er in der Früh seinen Kaffee trank, beobachtete er den Flug der Vögel und bat etwas Höheres um die Unterstützung bei seiner täglichen Arbeit und um Führung in seinen täglichen Handlungen. Das Buch ist nicht der einzige Zugang, durch den wir Hilfe auf unserem Lebensweg bekommen. Eigentlich brauchen wir keinen Gegenstand, um in Kontakt mit dem zu treten, was uns helfen kann - wie auch immer du es nennen möchtest. Ich vermute, es gibt unzählige Arten das zu tun.«

»Wie zum Beispiel auf sein Herz zu hören«, murmelt Angelica.

Isabella sieht sie erstaunt an:

»Stimmt, woher weißt du das?«

Sie lächelt.

»Ich habe so meine Kontakte, die mir das eine oder andere gezeigt haben.«

»Nicht schlecht. Doch Renate kann leider nicht verstehen, dass Hilfen wie das Buch des Universums oder die Zeichen der Natur zu lesen zwar richtig und wichtig sind, wir aber nur das in dieser Welt umsetzen, was wir uns aus tiefstem Herzen vorgenommen haben. Man könnte es auch unsere Seelenaufgabe nennen.«

»Aber wieso dann das ganz Theater um das Buch?«

»Das ist doch der Witz daran, die Menschen geben den Gegenständen ihre Bedeutung – an denen sie dann festhalten. Deine Mutter hat beschlossen, das Buch als ein Symbol dafür auszuwählen, dass du deinen Weg gehst und nun versucht sie, es zu verhindern. Was ich so nebenbei recht gut verstehen kann.«

»Du bist ihrer Meinung?« fragt Angelica irritiert.

Tante Isabella seufzt.

»Nein, aber das heißt nicht, dass ich nicht nachempfinden kann, was sie gerade fühlt. Du wärst auf deiner letzten Reise fast ertrunken. Ich bin keine Mutter, aber ich glaube, ich lehne mich nicht zu weit aus dem Fenster, wenn ich dir sage, dass das eine Mutter ziemlich beunruhigen kann.«

Eine Weile gehen sie still nebeneinander her. Schließlich sagt Angelica:

»Können wir bitte mit dem ganzen Theater aufhören? Buch hin oder her, was ist wirklich los?«, fragt Angelica.

Tante Isabella atmet tief ein.

»Also das Buch ist nur ein Symbol, okay?«

»Ja, das hatten wir schon und weiter?«

Angelica fängt ungeduldig an, an ihren Fingernägeln zu kauen und stoppt sich selbst wieder.

»Deswegen ist es nicht weniger einflussreich. Sofern Leute dem Buch diese Bedeutung geben, kann es etwas bewirken. Doch worum es wirklich geht, ist das was DU im Leben wirklich willst, mein Kind.«

»Ich?«

»Ja, kannst du dich noch erinnern, als ich dir auf meiner Ranch sagte: ›Du kannst werden, wer du sein willst, also werde, wer du bist, und gehe so deinen Weg‹?«

»Ja, aber-«

»Nein, kein aber Angelica. Du kannst deinen Weg nur gehen, wenn du aufhörst, dich wie ein Ast in einem wilden Bach durch die Gegend treiben zu lassen, sondern dich ENTSCHEIDEST, wer du sein möchtest.«

Angelica sieht Tante Isabella verblüfft an und weiß nicht, was sie sagen soll.

*

Das Universum beobachtet die beiden. Es hegt eine große Sympathie für Tante Isabella und ihre Art und Weise, wie sie den Dingen auf den Grund geht und Wahrheiten ausspricht.

Es hebt den Finger und eine Seifenblase mit einer einzigen Erinnerung entsteht. Dann pustet es zärtlich darauf und sie macht sich schwebend durch Zeit und Raum auf den Weg zu Angelica.

*

Plötzlich fällt Angelica etwas ein. Vor ein paar Wochen, als sie in der großen Halle stand, kurz bevor sie ihr Zeugnis bekam und sie Angst davor hatte den nächsten Schritt zu tun. Da war ein kleiner Wunsch in ihr aufgekeimt, den sie direkt wieder vergessen hatte.

»Ich möchte wissen, wer ich wirklich bin«, murmelt sie.

»Was? Sag das nochmal.«

»Ich möchte wissen, wer ich wirklich bin. Das war es, was ich mir damals vor meinem Abschluss gewünscht hatte, weil ich nicht wusste, wie es weitergehen soll. Aber ich hätte nie gedacht, dass das eine große Sache wäre. Ich hatte es sogar vergessen. Bis jetzt.«

Tante Isabella kichert.

»Ja genau so ist es mit unseren Wünschen. Wirken klein, können aber eine große Wirkung haben.«

»Was hat das mit der Entscheidung zu tun, die ich treffen soll?«

Isabella sieht Angelica merkwürdig von der Seite an.

»Weißt du eigentlich, wovon du in der Nacht so träumst?«

Doch Angelica hat aufgehört, ihr zuzuhören, denn Teile ihrer Traumbilder tauchen vor ihrem inneren Auge auf: Goldene Punkte, die miteinander verbunden sind und von denen sie selbst einer ist. Sie erkennt auch, dass diese Punkte mit dem Buch des Universums verbunden sind und plötzlich ist ihr klar, was sie will.

»Ich will die Welt verändern«, murmelt sie.

»Was hast du gesagt?«, fragt Isabella nach.

»Ich will die Welt verändern. Das ist es, was ich tun möchte und das ist es, was meine Träume mir versuchen zu sagen.«

»Sehr gut«, Tante Isabella klopft ihr auf die Schulter.

»Und jetzt?«, fragt Angelica nach und fügt noch hinzu:

»Abgesehen davon, dass das ja kein bisschen abgedreht ist, wie soll das überhaupt funktionieren?«

»Um das herauszufinden, hast du ein ganzes Leben lang Zeit, meine Liebe. Glaubst du, ich habe meine

Ranch an einem einzigen Tag aufgebaut? Jetzt müssen wir vor allem eine große Kleinigkeit klären.«

Ihre Tante sieht sie mit einem Strahlen an und sagt:

»Hast du eine Idee, wie wir deiner Mutter schonend beibringen können, dass du abgesehen davon nicht zu studieren, dich nun auch noch auf einen vollkommen unbekannten Weg führen lässt, der darin besteht, die Welt zu verändern? Ich glaube, sie könnte ein Problem damit haben, weil das nicht so ganz das ist, was sie sich für deine Zukunft vorstellt.«

Die pure Absurdität der Situationen bringt die beiden Frauen zum Lachen und die ganze Anspannung der letzten Tage entlädt sich in einem langen, ausdauernden und befreienden Lachanfall.

# 16.

Tante Isabella und Angelica haben den Heimweg angetreten. Zu Hause finden sie einen wesentlich entspannteren Carlos vor, der mittlerweile auf Wasser umgestiegen ist und sich wieder etwas gefangen hat.

»Na ihr beiden, habt ihr alles geklärt?«, fragt er.

Angelica und Tante Isabella blicken sich an und müssen lachen.

»Ähm, fast«, antwortet seine Schwester und Carlos seufzt.

»Sag mal meine Liebe, wieso muss eigentlich immer, wo du bist, das Chaos ausbrechen?«

»Schon mal auf die Idee gekommen, dass ich vor allem dann komme, wenn etwas wieder in Ordnung gebracht werden muss und nicht die Verursacherin des Problems bin?«

»Ansichtssache, Schwesterchen, Ansichtssache«, entgegnet Carlos nachdenklich. Er erhebt sich langsam und drückt den beiden nacheinander einen Kuss auf die Wange.

»So und nun meine Damen, ziehe ich mich zurück zu einem Nachmittagsschläfchen, um mich zu erholen.«

Isabella und Angelica sehen ihm hinterher und anschließend sich gegenseitig an. Carlos scheint heute wirklich verändert zu sein.

»Und jetzt?«, fragt Angelica und fügt gleich darauf hinzu: »Du weißt doch selbst, wie absurd die ganze Sache klingt und das soll ich jetzt auch noch meiner Mutter erklären?«

»Das ist das Problem mit dem Leben, es ist manchmal absolut absurd. Allerdings heißt das nicht, dass es deswegen weniger wahr ist, oder? Denk doch mal an gewisse Menschen, die mitten in der Pampa einen höchst unwahrscheinlichen Zoo haben, inklusive einer Giraffe die Hermann heißt.«

»Ja, aber die Welt verändern, ich mein, echt jetzt Tante Isabella?«

»Meine Liebe, du bist die mit den schrägen Träumen. Es liegt an dir, ob du sie verfolgen willst oder nicht. Es ist ein Punkt, an den wir alle mal kommen.«

»Welcher Punkt?«

»Ein Punkt der Entscheidung. Du hast jetzt erkannt, was du im tiefsten Inneren möchtest: Du möchtest die Welt verändern. Nun hast du immer noch die Wahl. Folgst du diesem Wunsch, der in dir ist oder gehst du einen anderen Weg? Keiner der beiden ist unbedingt besser oder schlechter. Sie sind einfach nur anders. Die Entscheidung triffst DU allein. Und niemand kann dich für deine Wahl verurteilen.«

*

*Immer diese Freiheit der Entscheidung,* schmunzelt das Universum und betrachtet die Sanduhr, die sich über dem Tisch im Kreis dreht. Sie scheint blasser und durchsichtiger zu sein und mehr als die Hälfte des Sandes hat sich bereits in einem kleinen Haufen am Boden angesammelt.

*Wird sie den Weg einfach aufgeben?*

Ihre Tante hat Recht. Angelica hat wie jeder Mensch die freie Wahl, seiner Seelenaufgabe zu folgen oder eben auch nicht. Niemand würde sie dafür verurteilen.

*Doch das hätte noch weitere Implikationen, die nicht nur ihren eigenen Lebensweg betreffen.*

Mit diesem Gedanken dreht es sich wieder um und lässt mit einem Wischen Angelicas Lebensgang erscheinen.

Es verschränkt die Hände hinter dem Rücken und geht den langen Gang entlang, in dem die vielen Sanduhren in Regalen aufgestellt sind. Auf einmal verändert sich das Licht, das den Gang durchflutet. Es verwandelt sich in viele einzelne goldenen Strahlen, die auf die Gläser treffen und durch Reflektion zu anderen weitergeschickt werden. So entsteht ein Netz aus goldenen Linien, das sich aus Angelicas Lebensgang zu unzähligen anderen Lebensgängen ausbreitet. Das Licht wird immer heller, bis übergangslos der komplette Gang, die goldenen Linien und die anderen Lebensgänge mit einem »Kling» verschwinden.

*Vielleicht sind die Auswirkungen doch größer als gedacht,* murmelt das Universum in der plötzlichen Stille und Dunkelheit. Es wendet sich wieder Tante Isabella und Angelica zu.

*

Angelica sieht Tante Isabella zweifelnd an.

*Die Welt verändern, na klar. Klingt nach dem Inhalt einer schrägen Fernsehserie.*

Ihr Herz sieht das ganz anders und lässt Freude in ihr erstrahlen. Genau, die Welt verändern, das ist der Plan.
Nur der Kopf findet die ganze Sache so abstrus, dass er tatsächlich sprachlos ist. Er setzt sich nur kopfschüttelnd in die Ecke, schnappt sich Popcorn und beschließt erstmal zu schauen, wie sich das entwickelt. Auf ihn scheint ja gerade sowieso niemand zu hören.

Schließlich fasst Angelica all ihr inneres Chaos zusammen:

»Uffz« macht sie schwer seufzend.

Tante Isabella lacht erneut laut auf.

»Das hast du aber schön gesagt, meine Kleine. Ich kenne das.«

»Was genau?«

Dass ihre Tante mal nicht Frau der Lage ist, kann sie sich gar nicht so recht vorstellen. Sie wirkt immer so gelassen, selbst im größten Chaos.

»Ich kann mir vorstellen, wie du dich fühlst. Als ich mir das erste Mal über die Sache mit der Ranch bewusst wurde und die Idee laut aussprach, war ich auch ziemlich überfordert. Ich habe genauso wie du daran gezweifelt, ob das eine gute Idee ist. Da war meine Familie, die gar nicht von dieser Sache begeistert war und Geld in mein Studium investiert hatte. Da war meine Freundin Renate, die die Idee schwachsinnig fand, meine Zukunft als Tierärztin für die Ranch hinzuwerfen. Auf der anderen Seite hatte ich Alessio als Fürsprecher - einen Waisen, der auf die Natur hörte. Es war eine interessante Mischung«, sagt Isabella schmunzelnd und spricht weiter:

»Mittendrin in diesem Chaos versuchte ich halbwegs rationale Überlegungen anzustellen, was das alles für mich bedeutete.«

Sie sieht Angelica an, die geknickt wirkt.

»Komm mal her und lass dich drücken.«

Erleichtert geht Angelica zu ihr. Die beiden umarmen sich und ihre Herzen finden zueinander. Sie freuen sich über diese wohlverdiente Auszeit von all den schweren Gedanken und für einen Augenblick fühlt es sich für Angelia an, als wäre alles andere nicht so wichtig.

# 17.

Renate schüttelt langsam die letzten Erinnerungen an die Vergangenheit ab und macht sich auf den Weg nach Hause. Als sie das Vorzimmer betritt, ist es ziemlich ruhig. Sie zieht ihren Mantel aus und begibt sich in die Küche, wo Chaos herrscht.

*Nichts Neues,* denkt sie

Als sie jedoch die Whiskyflasche erblickt, zieht sie verdutzt eine Augenbraue hoch. Allerdings hat sie keinen Kopf dafür, sich weiter darüber Gedanken zu machen. Sie setzt Wasser für einen Tee auf und sieht zum Fenster hinaus. Carlos, Isa und Alessios Farm gehen ihr durch den Kopf. Sowohl die schönen gemeinsamen Tage auf der Farm, bevor sie loszogen, als auch die tolle Zeit mit Carlos danach und die absurde Idee von Isa, eine Ranch dort aufzubauen. Sie hatte wirklich ihr Studium für einige Tiere im Nirgendwo hingeworfen und Renate alleine in Wien zurückgelassen. Das alles wegen diesem Buch. Außerdem war sie sich bis heute nicht sicher, ob das Buch nicht auch mit dem Verlust ihrer Facharztstelle zu tun hatte.

*Neunzehn Jahre ist das her. Zeit ist eine komische Sache. In einem Moment erscheint sie einem ewig, im anderen vergehen Jahrzehnte, ohne dass man Notiz davon nimmt.*

An viele Dinge hatte sie sich lange nicht mehr erinnert. Vor allem nicht an die Rolle des Buches. Sie war damals, als Angelica von ihrem Reisevorhaben erzählte, zuerst stinksauer gewesen, weil sie sich davor fürchtete, dass sie ihre Chancen nicht wahrnehmen würde. Nachdem sie sich halbwegs beruhigt hatte, stolperte sie über das Buch.

*Natürlich, wie konnte es auch anders sein.*

Sie las die Widmung und hoffte, es würde eine schöne Erinnerung an ihre Familie und an zu Hause sein. Schließlich war es von ihrem Uropa. Dabei hatte sie verdrängt, dass das Buch auch als Ratgeber für die Zukunft verwendet werden konnte, wie bei Isa. Erst als Angelica von ihrer Reise zurückkam und sie von ihrem Abenteuer in den Niederlanden erzählte, wo sie fast ertrunken wäre und das Buch auf den Tisch legte, wurde ihr bewusst, dass sich die Dinge wieder mal in eine Richtung entwickelten, die sie nicht gutheißen konnte. Es war dumm von ihr gewesen, ihr das Buch aus Sentimentalität mitzugeben, doch nun war es für Reue zu spät. Sie konnte nur noch versuchen, den Schaden zu begrenzen.

*Oder war es eine unbewusste Handlung von mir? Nein! Meine Tochter wird ihr Potential nicht vergeuden, schon gar nicht wegen eines Buches.*

Als der Tee fertig ist, nimmt sie ihn mit ins Wohnzimmer.

»Hi, Renate.«

Ihr fällt fast die Tasse aus der Hand.

»Gott Isa, musst du mich so erschrecken?!«

»Entschuldige, ich war selbst gerade in Gedanken woanders und hab dich gerade erst jetzt wahrgenommen«, murmelt Isa. Renate setzt sich ihr gegenüber auf das Sofa.

»Die Zeiten stimmen einen nachdenklich, oder?«, fragt Renate und zum Teil ist die Frage mehr an sie selbst gerichtet als an Isa.

Noch immer liegt zwischen ihnen eine Spannung über das Unausgesprochene in der Luft. Renate kann sie spüren, doch sie ist zu müde, um sich damit auseinander zu setzen.

*Nicht heute. Heute habe ich keine Kraft dafür,* denkt Renate.

»Weißt du noch, Isa, als Carlos und ich auf Alessios Farm gekommen sind, um nach dir zu sehen.«

Isabella nickt grinsend.

»Es waren schöne Zeiten. Du warst frisch verliebt, so hatte ich dich noch nie zuvor erlebt. Wir waren ein seltsamer kleiner Haufen an schrägen Vögeln, die Alessio auf seinem Hof halfen. Abends lachten wir gefühlt endlos bei gutem Wein und Essen.«

»Wo ist das hin, Isa? Ich vermisse die Zeit, als wir gemeinsam gelacht haben und der Meinung waren, dass wir die Welt aus den Angeln heben könnten. Als wir immer füreinander da waren.«

»Was hat sich denn geändert?«, fragt Isa.

»Irgendwie alles.«

»Vielleicht auch nicht. Vielleicht sind es nur wir, die sich verändert haben. Vielleicht braucht es aber auch nicht mehr als ein Fingerschnippen. Oder eine gute Flasche Wein, damit es sich erneut ändert?«

»Ach Isa, bei dir klingt immer alles so einfach.«

Isa will etwas erwidern, doch Renate hebt die Hand.

»Lass es einfach mal für fünf Minuten gut sein und lass uns tun, als wäre kein Buch und keine Tochter hier, die in unserem Leben so ein Chaos verursachen.«

Isabella schweigt und so herrscht für einige Minuten schlicht Ruhe.

»Warum habt ihr uns eigentlich auf der Farm aufgenommen«, fragt Renate Isa überraschend.

»Du kennst doch Alessio, für ihn wart ihr willkommene helfende Hände, die dringend gebraucht wurden.«

Sie zuckt mit den Schultern.

»Außerdem wart ihr über beide Ohren verknallt und es war himmlisch, euch Turteltauben zu beobachten. Es lenkte etwas vom harten Alltag ab«, fügt sie schmunzelnd hinzu, bevor sie fortfährt:

»Dabei fühlte sich die Arbeit gar nicht so hart an. Weißt du noch, als ich dir von meiner Verzweiflung über die Absage der Facharztstelle erzählt habe?«

»Ja, du meintest, das Buch hätte etwas damit zu tun gehabt.«

»Und so war es.«

»Renate, es war nie das Buch. Es war einfach das, was als Nächstes in deinem Leben geschehen sollte und das Buch hat dir geholfen, etwas daraus zu machen und los zu reisen.«

»Nein, Isa, es war das Buch. Genauso, wie es dich dazu gebracht hat, die Farm aufzubauen.«

»Verdammt nochmal, Renate – jetzt hörst du mir zu.«

Ein Schweigen breitet sich aus und kurz scheint die Zeit still zu stehen.

*

*Es ist spannend zu beobachten, wie sich die Momente wichtiger Entscheidungen gestalten. Manchmal sind es nur Millisekunden, in denen alles passieren kann und in ihnen stecken ganze Welten von Möglichkeiten,* bemerkt das Universum, während es sich selbst davon abhalten muss, nervös auf seinen Fingernägeln zu kauen.

*

Kurz überlegt Renate aufzustehen und Isa hier sitzen zu lassen, doch dann entscheidet sie sich anders. Sie holt tief Luft und sieht ihre Schwägerin fest an.

»Also dann leg los, ich hör' dir zu.«

Auch Isabella holt tief Luft. »Renate, es war nie das Buch. Weder bei mir noch bei Angelica. Du kannst dein Kind nicht davon abhalten ihre Art und Weise zu finden, dem Leben zu begegnen. Wir können sie nur so gut dabei unterstützen wie es uns möglich ist.«

Renates Augen verengen sich bevor sie antwortet.

»Aha, und was soll ihre Art und Weise sein? Die Welt zu verändern? Wie verrückt kann man sein?«

»Du meinst genauso verrückt wie eine Ranch im nirgendwo zu eröffnen?«

»Genau. Du könntest heute hier eine Praxis in Wien haben. Du hattest das Talent dazu und warst fast fertig.«

»Ja, aber verstehst du denn nicht? Das war nicht das, was ich wollte. Nicht das, wo mein Herz mich hinzog und es war nicht das, womit ich glücklich geworden wäre. Willst Du denn nicht, dass die Menschen, die du liebst, glücklich sind?«

»Darf ich mal erfahren, was hier eigentlich los ist?«

Tante Isabella und Renate drehen sich überrascht um und sehen Carlos, der mit verschränkten Armen im Türrahmen steht.

»Was hast du denn alles gehört?«, fragt Renate

»Genug. Euer Gespräch war ja kaum zu überhören und auch die letzten Tage war ich weder blind noch taub. Mir fehlen allerdings noch ein paar Details, um die kleinen Lücken dazwischen zu schließen. Also wer von euch beiden möchte mir den Rest erzählen? Mir geht diese Geheimniskrämerei nämlich mittlerweile ziemlich auf die Nerven.«

Tante Isabella und Renate sehen sich wenig begeistert an.

Schließlich nickt Renate schicksalsergeben.

»Sehr gut, ich bin schon sehr gespannt auf diese Geschichte«, sagt Carlos und lässt sich auf das Sofa fallen.

# 18.

Carlos nippt an dem Wasser, das er sich nach einiger Zeit der Erzählung geholt hat, obwohl er kurz noch an eine Runde Whiskey dachte, als er versuchte, alles aufzunehmen.

Als Renate mit ihrer Erzählung fortsetzen will, unterbricht er sie.

»Lass mich bitte mal sagen, was ich bisher verstanden habe.«

Seine Frau lässt ihn weitersprechen. Er betrachtet das Wasser in seiner Hand, als wäre es ein kostbarer Gegenstand, während er langsam beginnt seine Erkenntnisse aufzuzählen.

»Also, unsere Tochter hat wieder ihre Träume. Sie weiß jetzt aber, dass sie davon handeln, dass sie sich ausgesucht hat, die Welt zu verändern. Soweit so gut. Außerdem gibt es da noch ein hübsches Buch: Das Buch des Universums, das unserer Tochter angeblich auf ihrem Weg helfen könnte.«

Tante Isabella richtet sich auf.

»Auch wenn meine Schwester meint, dass es nicht unbedingt notwendig wäre, sondern einfach nur eine von vielen Unterstützungsmöglichkeiten ist.«

Er blickt von Isabella zu seiner Frau und wieder zurück.

»Habe ich etwas vergessen oder womöglich missverstanden? Ach ja, in deinen Augen, Renate, ist dieses Buch angeblich auch der Auslöser für die damalige Absage der Facharztstelle und dafür, dass Isa sich ihre Farm aufgebaut hat, was die Grundlage für eure jahrelangen Schwierigkeiten war.«

Isabella will ihn erneut unterbrechen.

»Warte noch kurz bitte. Auch wenn du, meine Schwester meinst, dass dieses Buch nicht der Auslöser ist, sondern es einfach die Wege der Menschen sind, die sich entfalten – Buch hin oder her.«

Isabella und Renate schauen sich schulterzuckend an.

»So in etwa«, meint Isabella.

»Das heißt also, dass unsere Tochter sich in Zukunft eher wie ein indischer Guru aufführen wird, statt zu studieren und danach einen anerkannten Beruf auszuüben?« bemerkt Carlos humorvoll.

»Naja, sie träumt von einem goldenen Netz, das sie mit anderen verbindet«, erklärt Isabella.

»Ein goldenes Netz also«, murmelt Carlos, »immerhin klingt es, als würde sie das nicht alleine machen müssen.«

Er nimmt noch einen Schluck Wasser, rutscht auf dem Sofa nach vorne, stellt das Glas auf seinen Bauch und trommelt mit den Fingern darauf, während er seinen Blick zur Decke hebt.

Als er den Blick wieder senkt, scheint er einen Entschluss gefasst zu haben.

»Darf ich das Buch bitte haben?«

»Was?!«, entkommt es Renate und Isabella wie aus einem Mund.

»Ich hätte gerne das Buch des Universums.«

»Aber wieso?«, fragt seine Schwester irritiert.

»Weil ihr es gerade nicht braucht. Ihr müsst mir hier einmal vertrauen, so einfach ist das.«

Die beiden Frauen sehen sich irritiert an, aber dann geht Renate zur Kommode, nimmt das Buch aus der Schublade mit der Weihnachtsdekoration, gibt es Carlos und setzt sich wieder zu den beiden.

»Dankeschön«, sagt Carlos und betrachtet das Buch einige Sekunden. Dann wendet er sich den beiden Frauen wieder zu: »Ich sag euch was: Dass du, liebe Schwester, ein schräger Vogel werden würdest, war klar. Dafür war kein Buch des Universums jemals notwendig, das hast du wunderbar alleine geschafft. Wenn du mir nicht glaubst, Renate, dann frag mal unsere liebe Mutter, was Isa so in ihrer Kindheit angestellt hat. Und Schatz, so sehr ich dich liebe und deine Meinung schätze, dieses Buch hat dich letztlich doch auch zu mir geführt, wenn es schon an allem Schuld ist, oder?«

Er sieht sie nachdenklich an.

»So habe ich das noch nicht gesehen«, stellt Renate ausweichend fest.

»Dann lass uns doch diese Sichtweise mal ausprobieren, Liebes«, seine Stimme ist weich, er legt seine Hand auf die ihre und sie greift danach. Dabei sieht er ihr tief in die Augen und Renate hat wie so oft den Eindruck in ihm jemanden gefunden zu haben, der sie versteht.

»Schwesterherz, können wir mal kurz alleine sein?», fragt Carlos ohne den Blick von seiner Frau zu lösen.

»Klar«, sagt Isa und verlässt das Wohnzimmer.

»Also, meinst du nicht auch, dass es ganz gut war, dass wir uns damals getroffen haben? Kannst du dich noch erinnern, wie wir in Sardinien waren und die Zeit genossen haben? Wir waren frisch verliebt und wir hatten alles, was man für ein gutes Leben brauchte:

Sonne, Strand und das Meer. Zusammen mit etwas gutem Essen schien uns das mehr als genug.«

Carlos lächelt, während er weiter in Erinnerungen schwelgt:

»Wir haben sogar öfters draußen unter freiem Himmel geschlafen, um nach Sternschnuppen Ausschau zu halten. Erinnerst du dich an diese eine Nacht? Als wir eng aneinander gekuschelt lagen und wir das Gefühl hatten, dass uns die Sterne zublinzelten? Wir haben noch lang danach gewitzelt, dass das vielleicht die Nacht war, in der Angelica entstanden ist und dass sie etwas ganz Besonderes sein wird. Vielleicht hatten wir ja recht und unsere Tochter darf wirklich etwas bewirken in dieser Welt. Was wäre daran so schlimm?«

Er legt Renate zärtlich die Hand an die Wange und streichelt sie liebevoll.

»Ach, Carlos.«

»Sie war schon immer anders, Renate«, schließt er ab.

»Ich weiß, aber gleich die Welt verändern? Können wir ihr nicht einen Hund kaufen und sie studiert erstmal Philosophie oder Pharmazie oder etwas anderes?«

»Ich glaub das reicht ihr nicht, so wie es aussieht, Schatz«, sagt er und drückt Renate an sich bevor er weiterspricht:

»Unsere Tochter will etwas Großes bewirken. Ist das so verwunderlich? Wir beide sind Ärzte geworden, um Menschen zu helfen. Die Welt verändern kann man doch auf verschiedene Arten, lass uns doch sehen, was daraus wird. Selbst wenn sie nicht die ganze Welt verändert, ein kleines Dorf hätte doch auch schon was«, meint er schmunzelnd.

»Carlos, also wirklich!«, empört sich Renate und entzieht sich ein Stück weit seiner Umarmung.

»Renate, komm wieder her und nimm es nicht so furchtbar ernst«, antwortet Carlos.

Sie gibt nach und lässt sie sich von ihrem Mann wieder in den Arm nehmen und sie sinken kuschelnd in die Couch.

»Carlos, wie soll sie das denn überhaupt machen?«

»Schatz, ich habe keine Ahnung, aber ist das wirklich unser Problem? Die Frage ist doch nur, wie sie sich entscheiden möchte und ob es ihr damit gut geht.«

»Genau das macht mir Sorgen, Carlos, dass es ihr nicht gut gehen wird.«

Carlos gibt ihr einen Kuss und sagt:

»Ich glaube Schatz, wir können sie nur begleiten, so wie wir das bisher auch gemacht haben. Mit viel

Vertrauen. Und vielleicht«, er hebt den Finger, »aber wirklich nur vielleicht, hat dieses Buch eine Wirkung. Allerdings muss das eine sehr positive Wirkung sein, wenn es dafür gesorgt hat, dass wir uns kennengelernt haben und dann bin ich diesem Buch dafür überaus dankbar.«

»Ich auch«, antwortet Renate und gibt ihrem Mann einen Kuss.

# 19.

»Wie läuft es bei Dir, Isa?«.

Alessios Stimme klingt rau und entspannt. Es tut ihr gut, ihn zu hören.

»Ich glaube, es geht voran.«

»Und das heißt?«

»Angelica hat Träume davon, die Welt zu verändern und langsam scheint sie sich dafür zu entscheiden, diese auch leben zu wollen.«

»Da hat sie sich aber gleich die ganz große Aufgabe ausgesucht.«

»So ist es wohl manchmal, oder Alessio?«

»Ja, ich erinnere mich an eine junge Frau, die unbedingt eine Ranch bei mir aufbauen wollte.«

»Ich hoffe doch, du hast die unverschämte Göre von deinem Land gejagt«, antwortet Isabella lachend.

»Fast, ich hab' für sie die Tür zu meinem Herzen geöffnet und ihr bis jetzt keinen Grund gegeben, dass sie wieder geht.«

Isabellas Herz macht kleine Freudensprünge, als sie das hört.

»Alessio, ich liebe dich.«

»Und ich dich, Isa.«

Dann wird es kurz still in der Leitung.

»Geben ihre Eltern Angelica die Chance, es zu probieren?«, fragt Alessio schließlich nach.

»Ich glaube schon. Aber ab und zu zweifle ich auch, ob es das Richtige für sie ist. Die Kleine ist noch so jung, sie ist ziemlich zart. Sie wirkt manchmal eher wie ein Mädchen und nicht wie eine erwachsene Frau.
«

»Ach weißt du, die Ideen, die wir manchmal vom Leben haben, stehen nur den schönen Überraschungen im Weg. Wo wärst du heute, wenn ich dich nicht unterstützt hätte, als du zu mir gekommen bist?«

»Vielleicht mit 'nem jungen knackigen Typen auf einem Roadtrip, statt mit dir in der sizilianischen Pampa?«

»Siehst du, ich hab' dich gerettet. Das war mir schon damals klar.«

»Dass wir beide ein Paar werden?«

»Nein, dass die Verrücktheiten, die du hier in Sizilien mit mir anstellen kannst, nur halb so groß sind wie jene, die du in freier Wildbahn verursachen würdest.«

»Von wegen Verrücktheiten, die Leute erzählen nur das Beste über mich.«

»Ja, weil sie sich nichts anderes trauen, Isa.«

»Damit kann ich leben.«

»Ich vermisse dich. Wird das noch lange dauern?«

»Ich vermisse dich auch und ich hoffe nicht. Aber du weißt, manchmal brauchen die Dinge ihre Zeit, bis sie sich alleine weiterentwickeln können.«

Nach einer kurzen Verabschiedung legt Isabella auf.

Es war eine eigenartige Zeit. Dass sie hier in Wien war und Angelica versuchte dabei zu helfen, ihren Weg zu gehen, erschien ihr noch immer etwas abstrus. Doch das sind die Dinge meistens, wenn man sich auf etwas einlässt, das jenseits der menschlichen Vorstellungskraft liegt.

Sie hebt ihren Blick zum Himmel und flüstert: »Ich hoffe, du weißt, was du tust. Für meine Kleine ist das Ganze nicht ohne.«

Sie erhält keine Antwort und um ehrlich zu sein, hat sie auch keine erwartet.

# 20.

Nach der Unterhaltung mit ihrer Tante ist Angelica direkt auf ihr Zimmer gegangen. Sie hat sich auf ihr Bett gelegt, um ihre Gedanken zu sortieren.

*Sie hat gesagt, ich muss mich entscheiden. Wie trifft man so eine große Entscheidung? Vor allem, wenn man keine Ahnung hat, wie man die Welt verändern könnte?*

Für ihr Herz war die Entscheidung schon längst gefallen und es tanzte vor Begeisterung im Kreis, während ihr Kopf den Beleidigten mimte. Für ihn war das alles ein bisschen zu abgefahren – nun ja tatsächlich gewaltig viel zu abgefahren.

*

Liebevoll betrachtet das Universum Angelica.

*So ist das mit den Seelenaufgaben. Manchmal tauchen sie unvermittelt wieder auf und können das Leben ziemlich auf den Kopf stellen.*

Es dreht seine Handfläche nach oben und seine Augen fixieren die Innenseite. Ein zarter Farbschleier entsteht. Er beginnt sich ruhig tanzend, auf den Weg zu Angelica zu machen. Auf der Erde angekommen breitet er sich in ihr aus und gibt ihr inmitten ihrer chaotischen Gedanken- und Gefühlswelt etwas Ruhe.

*

»Puh«, stößt sie erleichtert aus, ohne dass ihr wirklich bewusst ist, was gerade geschehen ist. Das Chaos in ihr löst sich ein Stück und sie kann wieder leichter atmen. Plötzlich scheint es nicht mehr so wichtig zu sein einen genauen Plan zu haben, wie sie die Welt verändern soll und zumindest weiß sie mittlerweile, wohin sie ihr nächster Schritt führt.

*Lissabon.* Bei diesem Gedanken stiehlt sich sogar ein Lächeln auf Angelicas Lippen und ihre Sorgen werden weniger.

In diesem Moment klingelt ihr Handy. Als sie es in die Hand nimmt, sieht sie Claras Namen.

»Mist, das habe ich ja komplett vergessen, wir wollten uns heute treffen«, murmelt sie und blickt auf den Wecker, der achtzehn Uhr anzeigt. Um neunzehn Uhr waren sie bei einem der zahlreichen Heurigen[1] in den Weinbergen verabredet.

*Das könnte knapp werden.*

Sie nimmt das Gespräch an.

»Hi, Clara«.

»Hi, Angelica, na bist du schon soweit?«

»Fast… Ich…«, druckst sie herum.

Clara lacht.

»Sehr gut, wollte nur sagen, dass ich mich wahrscheinlich um zehn Minuten verspäte, also mach dir keinen Stress.«

Angelica grinst wie ein Honigkuchenpferd. Es ist schön mit Clara wieder ein gutes Verhältnis zu haben.

»Alles klar, freu mich auf dich.«

»Ich mich auch – bis gleich!«

Als Angelica aufgelegt hat, tanzt sie einen kleinen Freudentanz durchs Zimmer.

»Yes, yes, yes.« Wie lange war das her, dass sie mit Clara einfach locker reden konnte, ohne dass etwas

---

1 Eine in Österreich übliche Lokalität, wo die Bauern im Sommer den Wein im Freien ausschenken.

zwischen ihnen stand. Es kommt ihr vor, als wäre das letzte Mal vor Ewigkeiten gewesen.

Schnell zieht sie sich um. Es ist warm und darum entscheidet sie sich für ein simples trägerloses weißes Top und Jeans. Noch etwas Mascara und sie ist soweit. Sie sieht in den Spiegel und ist im Großen und Ganzen zufrieden mit sich und ihrem Aussehen.

*Wir gehen ja nur zum Heurigen, da brauche ich mich nicht so rausputzen.*

*Das wird gut,* freut sie sich und wirft ihrem Spiegel einen Kussmund zu. Dann geht sie hinunter, zieht sich die dazu passenden blauen Sneakers an und macht sich mit dem Bus auf den Weg in die Weinberge.

Bei der Endstation angekommen, spaziert sie einen der zahlreichen Wanderwege entlang, die zwischen den Weinbergen verlaufen. Die Abendsonne scheint ihr noch ins Gesicht und sie mag es, auf dem Weg zu Clara zu sein und zu wissen, das sie sich gut verstehen werden.

Als sie den Garten des Heurigen betritt, sieht sie, dass Clara bereits zwei Liegestühle gesichert hat, von denen man das Abendpanorama genießen kann. Angelica winkt ihr zu und deutet ihr, dass sie für sie beide Getränke holen geht. Clara reagiert mit einem zustimmenden Daumen nach oben und Angelica grinst zurück.

Das Lokal ist für einen Wochentag gut besucht, wenn auch nicht übervoll. Sie stellt sich in die Schlange, um zu bestellen und ist bald mit zwei Gläsern Weißwein bei Clara. Die umarmt sie und nimmt dankbar eines der Gläser entgegen. Sie rücken die Liegestühle ein Stückchen näher aneinander, um besser quatschen zu können und stoßen an, während sich die untergehende Sonne in den Weingläsern spiegelt. Es ist eine angenehme Sommernacht, und ein leichter warmer Wind sorgt für die perfekte Temperatur.

Nach einem Schluck des kühlen Getränks stellt Clara zufrieden fest: »So lässt es sich leben«.

»Ja, allerdings«, sagt Angelica.

Schweigend genießen sie die Dämmerung. Anschließend eröffnet Angelica grinsend das Gespräch:

»Sag mal du und Theo? Herzliche Gratulation, aber das stell ich mir wirklich herausfordernd vor. Ihr seid ja nicht gerade vom selben Stern. Eher von unterschiedlichen Galaxien.«

Clara schmunzelt und sagt im überzeugten Tonfall und mit erhobenem Zeigefinger:

»Das hat auch seine Vorteile. Jeder kann den anderen an seiner Welt teilhaben lassen.«

Dann nimmt sie ihre Sonnenbrille ab und beäugt Angelica kritisch.

»Sicher, dass da keine Gefühle mehr zwischen euch sind? Besteht auch keine Gefahr, dass die alten wieder aufflammen?«, fragt sie.

»Ganz sicher! Es war ja nur ein Kuss und das vor über einem Jahr, Clara. Ich bin so dankbar, dass wir zwei uns endlich wieder verstehen. Was noch ein zusätzlicher Grund wäre, nichts mit Theo anzufangen, selbst wenn ich wollte.«

Claras Augen scheinen sich etwas zu verengen.

»Was natürlich nicht der Fall ist. Komm schon, Clara. Die Welt dreht sich weiter. Theo und ich wissen schon länger, dass da nichts zwischen uns laufen wird und außerdem bin ich sowieso bald in Lissabon.«

Beruhigt lässt Clara die Sache offensichtlich hinter sich und fragt neugierig:

»Ja sowas hast du angedeutet. Wieso denn? Du bist doch grad erst wiedergekommen« Angelica überlegt, was sie sagen soll und da fügt Clara noch hinzu: »Willst du nicht lieber noch etwas bleiben? Jetzt, wo wir uns gerade wieder so gut verstehen.«

»Ja, das stimmt«, Angelica hebt nachdenklich das Weinglas in die Sonne und betrachtet es. Sie erinnert sich an die Worte ihrer Tante. Es ist ihre Entscheidung. Sie könnte einfach hierbleiben und ihr normales Leben führen. Doch ihr Herz will in eine andere Richtung und sie will sehen, was es in dieser Richtung zu entdecken gibt. Mit oder ohne Buch, sie ist neugierig. Sie versucht all das Clara zu sagen, ohne dabei verrückt zu klingen:

»Weißt du, ich hab' da dieses Praktikum bekommen von einem Geschäftsmann, den ich auf Reisen traf und irgendwie fühlt es sich gerade richtig an es anzunehmen. Ich wüsste auch ehrlich gesagt nicht, was ich sonst tun sollte.«

»Du könntest wie ich einfach was studieren, das dir liegt. Nicht für alle von uns ist so klar, was wir machen wollen. Glaubst du, ich bin von meinem Publizistikstudium so hundertprozentig überzeugt?«

»Nicht?«

»Nein, nicht wirklich, aber es scheint am besten zu mir zu passen, also versuche ich es mal. Ich gehe einfach mal mit einer positiven Einstellung rein. Wenn es mir nicht gefällt, kann ich noch immer was anderes machen.«

»Das stimmt wahrscheinlich«, murmelt Angelica. So hatte sie die Sache gar nicht betrachtet. Das vielleicht nicht immer alles so schwarz und weiß war, wie es aussah und auch viele ihrer Schulkolleginnen trotz ihrer offenbar entschlossenen Entscheidung für ihre Zukunft nicht ganz sicher waren, ob das das

Richtige für sie ist. Vielleicht verband sie ja doch mehr mit allen, als sie im ersten Moment dachte. Sie war schließlich auch mehr als unsicher, was ihre Zukunft betraf.

»Wie heißt denn der Typ und was macht er eigentlich?« unterbricht Clara Angelicas Grübeleien.

»Elliot Panapésca und ehrlich gesagt, so genau weiß ich das gar nicht. Ich hab' ihn auf dem Amsterdamer Flughafen getroffen, als wir aufgrund eines Unwetters dort festsaßen. Er war ziemlich aufgelöst wegen seiner Flugverspätung, weil ihm das bei seiner Firmenfusion in die Quere kam. Ich weiß gar nicht mehr, wie wir unsere Unterhaltung begann, aber irgendwann sprachen wir darüber, ob das wirklich so wichtig wäre und am Ende hat er sich bei mir bedankt und überlegte dann, ob er vielleicht mal kürzertreten sollte.«

Clara sieht sie ziemlich fassungslos an.

»Was bitte hast du ihm denn erzählt, dass er zu diesem Schluss kam?«

Angelica zuckt mit den Schultern.

»Eigentlich gar nichts, ich hab' ihm nur Fragen gestellt, hauptsächlich wie sein Leben so läuft und ob er mit seinem Erfolg glücklich ist.«

»Und?«

»Er hat festgestellt, dass er in seinem Leben schon ziemlich viel Geld erwirtschaftet hatte und eigentlich nicht mehr Reichtum, sondern eher dringend mal Urlaub braucht. Den scheint er sich wohl genommen zu haben.«

»Nicht schlecht, Frau Psychotherapeutin«, stellt Clara lachend fest, »und was weißt du noch über ihn?«.

»Eigentlich Nichts, wenn ich ehrlich sein soll.«

»Hmm, nicht gerade viel, um gleich für ein Praktikum zu ihm nach Lissabon zu fliegen, oder?«

Angelicas Bauch verkrampft sich etwas, als sie diese Worte hört.

*Es stimmt, du weißt wirklich nicht viel über ihn,* meldet sich ihr Kopf.

# 21.

»Also meine Liebe, ich werde mal für dich zu diesem Elliot recherchieren«, besteht Clara in der Unterhaltung mit Angelica. Eigentlich hatten sie bereits von anderen Dingen gesprochen und das Thema rund um Elliot längst beendet, zumindest dachte das Angelica. Clara sah das wohl anders.

»Super, danke schön.« entgegnet sie leicht beschwipst.

Sie fragt sich, ob das wirklich eine gute Idee war, doch was hatte sie schon zu verlieren. Clara würde ihn ja wohl nicht anrufen, sondern einfach das Internet bemühen.

»Also dann, schön, dass du wieder da bist. Mir haben unsere Gespräche gefehlt.«

Am Fuße der Weinberge drückt Clara ihr einen Schmatzer auf die Wange und sie gehen beide ihrer Wege.

Angelica ist zufrieden mit den Entwicklungen der letzten Tage. Vieles scheint sich zu lösen, sie schläft wieder besser, sie weiß endlich, was es mit dem Buch auf sich hat und die Freundschaft zwischen ihr und Clara erholt sich. Claras Angebot ein paar Hintergrundinformationen über Elliot zu sammeln hat sie überrascht. Es fühlt sich an, als wolle Clara zumindest, dass es ihr gut geht, egal wohin sie ihr weiterer Weg nun führt. Angelica steigt in den Bus und freut sich bald ins Bett zu fallen. Sie hat vor mal wieder gut auszuschlafen. Irgendwas sagt ihr, dass ihre Träume sie von nun an nicht mehr wecken werden.

*Vielleicht habe ich mich selbst aufgeweckt, indem ich herausgefunden habe, worum es in meinen Träumen geht?* Sie schmunzelt bei dem Gedanken.

Als sie am nächsten Tag aufwacht, ist sie tatsächlich ausgeschlafen. Sie spürt zwar noch die eine oder andere Nebenwirkung vom Wein, den sie gestern mit Clara genossen hat, aber die halten sich zum Glück in Grenzen. Sie lächelt bei der Erinnerung an den schönen Abend. Nun musste sie nur noch diese eine Sache klären und zwar wie sie die Welt verändern kann.

*Kleinigkeit.*

Sie ist über sich selbst amüsiert. Es scheint sich seit gestern Abend eine neue Form der Leichtigkeit in ihr breit gemacht zu haben und das lag wohl nicht nur am Wein. Sie steht auf und setzt sich direkt an den Schreibtisch. Dann nimmt sie einen leeren Zettel und schreibt darauf ganz oben:

*Weltveränderungsideen*

Sie erinnert sich noch, als sie das letzte Mal versucht hat, eine Liste mit Möglichkeiten für ihre Zukunft zusammenzustellen. Damals war es ihr unmöglich auch nur einen Punkt auf die Liste zu setzen und dabei handelte es sich nur um potenzielle Studiengänge, statt einen Plan, wie sie die Welt verändern könnte. Auf was genau hatte sie sich da nur eingelassen? Oder genauer gesagt auf welche Form der Veränderung wollten ihre Träume eigentlich hinaus?

Nachdenklich wendet sie den Blick vom Papier ab und blickt aus dem Fenster. Da sieht sie, wie der alte blinde Mann vor ihrem Haus die Straße entlang geht.
*Marius! Ein Gespräch mit ihm hilft mir jetzt bestimmt! Ob er deswegen hier ist?*

Doch dann beobachtet sie, wie er an ihrem Haus vorbei geht.

»Mist«, entkommt es ihr. Das hatte sie sich anders vorgestellt. Schnell greift sie sich das nächstbeste Kleidungsstück, das sie in der Eile finden kann, zieht sich um und rennt aus dem Haus. Auf dem Gehsteig angekommen, geht sie nach rechts und hofft bei der nächsten Abzweigung die richtige Entscheidung zu treffen.

*Wenn ich ihn jetzt verpasse, weiß ich nicht, wie ich ihn erreichen kann. Wie dumm von mir, ihn nie danach gefragt zu haben,* stellt sie frustriert fest. Es waren wohl doch einige wenige wertvolle Minuten vergangen bis sie es aus dem Haus geschafft hat und sie kann ihn nirgends sehen.

Als sie schon aufgeben will, sieht sie ihn auf der Bank einer Bushaltestelle sitzen. Sein Blick ist geradeaus gerichtet und die Hände ruhen auf seinen Oberschenkeln, wie eine Schale, die gefüllt werden will. Er ist ganz ruhig und Angelica wird unwillkürlich langsamer. Erleichterung durchflutet sie, als ihr bewusst wird, dass sie ihn nicht verpasst hat und sie setzt sich ebenfalls auf die Bank. Er scheint in seine Gedanken vertieft zu sein und sie gar nicht zu bemerken. Dabei strahlt er eine friedvolle Ruhe aus, die ihr gerade gut bekommt und so lässt sie sich nach hinten an die Lehne der Bank sinken, während sie versucht, ihren Atem wieder zu beruhigen.

Als sie sich wieder halbwegs gefangen hat, spricht Marius zu ihr:

»Komisch das Leben, oder? In einem Moment rennt man ihm hinterher, im Nächsten wartet es auf einen, während wir uns stetig bemühen, zur richtigen Zeit am richtigen Ort zu sein.«

Ein Lächeln umspielt seine Mundwinkel.

»Manchmal frage ich mich, ob wir überhaupt jemals schlau aus ihm werden können«, ergänzt er freundlich und zuletzt: »Wie geht es dir Angelica?«

*Wild, einfach nur wild. Aber toll und gut.*

Ein Lachen entkommt ihr. Er hatte einen Punkt mit seiner Aussage. Manchmal kam es ihr so vor, als wäre es das womit sie vor allem in den letzten Wochen beschäftigt gewesen war. Zur richtigen Zeit am richtigen Ort zu sein – mit einem kleinen Erschwernis: Sie kannte weder Ort noch Zeit, wo sie zu sein hatte. Aber manchmal schien es wie von selbst zu passieren und andere Male hatte sie den Eindruck, es erforderte einen ungemeinen Kraftakt.

*Mein Leben ist auf alle Fälle ... interessant.*

»Ich habe herausgefunden, was meine Träume mir sagen wollen. Meine Aufgabe ist es, die Welt zu verändern«, platzt es nach kurzer Überlegung aus ihr raus.

»Meinst du?«

Kurz sieht sie ihn verblüfft an.

»Also ... also, ja! Das ist es worum es in meinen Träumen geht und auch, das was ich tun möchte.«

»Gut«, Marius scheint sichtlich zufrieden, »ich wollte nur sichergehen, ob du dich auch wirklich schon entschieden hast.«

Angelica nickt.

»Ich will es zumindest probieren.«

»Probiere es nicht nur – tu es einfach.«

»Das sagst du so einfach Marius. Wie mache ich das? Ich kann doch nicht mit dem Finger schnippen und plötzlich ist alles anders.«

Marius dreht den Kopf zu ihr und legt seine Hand ans Herz.

»Alles Gute kommt aus der Liebe«, sagt er.

»Gut und schön. Aber das verändert doch nicht die Welt, wenn ich auf mein Herz höre«, begehrt Angelica auf.

Wieder umspielt ein Lächeln seine Lippen.

»Vielleicht wärst du überrascht, was passieren würde, wenn alle Menschen immer auf ihr Herz hörten.«

Angelica denkt darüber nach.

»Ja, aber was genau kann ich jetzt tun, um die Welt zu verändern?«

»Weißt du, man kann die Welt im Großen und im Kleinen verändern und es gibt eine Menge Wege, das zu tun. Eine Möglichkeit ist, die Herzen der Menschen zu berühren. Doch welche Wirkung wir mit unseren Taten erzielen, ist nicht immer ganz klar. Hast du denn schon Herzen berührt und dadurch etwas verändert?«

Angelica will verneinen, doch ihr Herz weiß, welche Menschen sie bereits berührt haben. Das Herz denkt an Stella, an die Hündin, für die sie auf ihrer Sizilienreise ein neues zu Hause fand, die Frau hinter dem Ticketschalter am Flughafen von Genua, die sie mit ihrer Ansprache berührte, Elliot, mit dem sie sich über die Ziele im Leben unterhielt und schließlich die Intervention mit Clara, bei der sie dafür gesorgt hatte, dass ihre Freundschaft wieder neu beginnen konnte. All diese Herzen hatte Angelica in kurzer Zeit zu ein bisschen mehr Strahlen verholfen. Das Herz schickt diese Erkenntnis zu Angelica, indem es hell leuchtet, um sie an all das zu erinnern.

Angelica spürt ein Licht in sich und antwortet: »Vielleicht gab es solche Momente. Aber es war in

Wahrheit nichts. Es war einfach nur das, was sich in dem Moment gut anfühlte. Das -«

»Was dein Herz in diesem Moment für das Beste hielt.« unterbricht er sie und fährt fort:

»Ja das ist oft der erste Schritt: Auf sein Herz zu hören, in jeder Begegnung mit einem anderen Wesen. Ich weiß gar nicht, ob es noch viel mehr Schritte braucht. Stell dir mal vor, was passieren würde, wenn ein Mensch immer auf sein Herz hören würde und er so den einen oder anderen ebenfalls dazu anstecken würde, auf sein Herz zu achten. Dadurch könnten schließlich immer mehr dieser Menschen ihr Licht um die Erde senden, um andere mit der Energie der Liebe anzustecken.«

Als Marius das sagt, bleibt Angelica die Luft weg. Das Bild des goldenen Netzes taucht vor ihren Augen auf. Sie sieht einen der Punkte hell leuchten. Sie glaubt zu erkennen, wie er dieses Licht an die anderen Punkte rund um ihn weitergibt, bis plötzlich immer mehr von ihnen zu leuchten beginnen und ein Netz aus gleißend hellen Punkten die Erde umgibt. Es wird heller und heller, bis sie das Gefühl hat, die Augen schließen zu wollen und dabei vergisst, dass sie bereits geschlossen sind, denn dieses Bild existiert nicht wirklich.

Im nächsten Moment ist es wieder verschwunden. Ihre Hand ist unbewusst zu Marius Hand gewandert und hat sich dort festgehalten.

Sie atmet aus und holt wieder tief Luft. Sie hat ein Gefühl, als wäre sie kilometerweit gelaufen und doch ist sie voller Energie. Es durchströmt sie, wie ein ständiger Fluss, der sie leicht zittern lässt.

»Siehst du?«

Seine Worte lassen sie aus ihrer Erstarrung erwachen und sie blickt ihn von der Seite her an. Er lächelt ihr zu. Danach wendet er sich ab und ein trauriger Ausdruck scheint über sein Gesicht zu huschen.

»Wenn man weiß, wo man suchen muss, ist es einfach. Nur manchmal vergessen wir vor lauter Suchen im Außen, wo die Dinge in uns liegen«, murmelt er.

Angelica sieht, wie er ihre Hand, die nach seiner gegriffen hat, sorgsam festgehalten hat, wie einen wertvollen Schatz. Sie lockert ihren Griff und er lässt ihre noch immer leicht zitternde Hand los.

*Das war heftig.*

Die Erinnerung an das Bild war noch immer da. Schwach, aber dennoch. Zu ihrer Erleichterung wurde die innerliche Energiestrom langsam wieder weniger.

Als sie gerade die volle Wucht spürte, hatte sie fast das Gefühl, innerlich zerrissen zu werden.

»Menschen brauchen Zeit, um sich an ihre Verantwortung zu gewöhnen. Niemand würde auf den höchsten Berg der Welt steigen, ohne vorher trainiert zu haben. Wenn wir wachsen wollen, müssen wir zuerst den Nährboden schaffen, auf dem wir das können. Stück für Stück und jedes Mal müssen wir überprüfen, ob wir den neuen Herausforderungen noch gewachsen sind.«

»Was genau heißt das?

»Nur das sich das Leben ständig verändert. Du lernst etwas Neues und sobald du die bestehenden Herausforderungen bewältigt hast, werden neue Aufgaben kommen, die vielleicht ein Stück mehr von dir verlangen und du kannst wie immer entscheiden, ob du den nächsten Schritt gehen willst.«

»Und wie mache ich das am besten?«, hakt Angelica frustriert nach.

»Glaubst du, ich weiß alles?«, sagt Marius und wendet sich ihr wieder zu. »Die Sprache des Universums zu lesen ist manchmal wie das Nachverfolgen von Hinweisen bei einem Rätsel. Vielleicht haben wir Glück und erkennen den nächsten möglichen Schritt zur Lösung. Doch selten sehen wir die Anleitung zur kompletten Auflösung auf einmal – geschweige denn, was das Resultat unserer Lösung sein wird. Du hast immerhin schon das Ziel gesehen.«

*Ja, das habe ich.*

Angelica erinnert sich, wie das Netz aus goldenen Punkten hell erstrahlte und welche Energie davon ausging.

»Danke«, sie will aufstehen und sich verabschieden, als ihr wieder der traurige Ausdruck in seinem Gesicht auffällt.

*Oh.*

Sie schämt sich etwas, dass sie nicht früher auf die Idee gekommen war ihn zu fragen, wie es ihm geht. Sie setzt sich wieder nieder und legt ihm eine Hand auf die Schulter.

»Wie geht es dir mit deiner Frau? Bist du weitergekommen?«

Er schüttelt den Kopf und Tränen rinnen ihm aus den Augen.

»Ich finde die Noten nicht, und so kann ich nicht für sie von der Liebe singen, die ich für sie empfinde. Ich weiß, dass mir die Musik hier helfen könnte zu ihr durchzudringen, so wie sie schon so Manches für andere bewirkt hat - doch ausnahmsweise weiß ich nicht, wo ich danach suchen soll.«

Angelica sieht den alten Mann mit einer Mischung aus Sorge, Verwunderung und Mitgefühl an.

*Was kann ich tun, um ihm zu helfen?*

Er scheint ihre Gedanken erraten zu haben und schüttelt nur den Kopf.

»Lass es Angelica, du hast deine eigenen Aufgaben und ich werde die Lösung für meine Rätsel selbst suchen. Habe ich dir nicht gesagt, dass die Herausforderungen größer werden, wenn man beginnt diesen Weg zu gehen? Zu Beginn jeder neuen Aufgabe erscheint sie unlösbar, aber wir wachsen daran und meistens finden wir schließlich einen Weg. Ich wünsche mir einfach ein Wunder, denn mit einem Wunder ist alles möglich.«

Damit steht er auf und gibt ihr einen Kuss auf die Stirn, bevor er sich abwendet und die Straße hinunter geht. Angelica sieht ihm noch lange hinterher und versucht ihre Gedanken zu ordnen. Sie hätte wirklich nicht gedacht, dass Menschen, wie er ähnlich verzweifelt sein können, wie sie selbst.

Das Klingeln ihres Handys reist sie aus ihren Gedanken. Es ist Clara. »Hi, Clara, na schon ausgeschlafen?«

»Ja, aber … Angelica kannst du mal bitte vorbeikommen?«

»Jetzt?«
»Ja, ich glaube, es ist wichtig.«
»Okay, gib mir eine halbe Stunde.«
»Gut, bis gleich.«
»Bis gleich.«

Sie legt auf und schaute irritiert das Telefon an.
*Was war das gerade?*

# 22.

Renate steht vor ihrem Gästezimmer, atmet einmal tief ein und aus, dann klopft sie an die Tür.

»Komm rein«, hört sie Isas Stimme.

Kurz schließt sie die Augen und versucht, Mut zu sammeln. Dieser Schritt fällt ihr nicht leicht. Sie öffnet die Tür und sieht Isa mit dem Rücken auf dem Bett liegen, die Hände hinter dem Kopf verschränkt.

*Fehlt nur noch, dass sie ihre Cowboystiefel anhat und einen Grashalm im Mund.* Renate kann nicht anders und muss über ihre Schwägerin schmunzeln.

»Hallo Renate. Na, Was habt ihr gestern noch besprochen?« Renate lächelt beim Gedanken an das Gespräch mit ihrem Mann vom Vorabend

»Einiges. Aber besonders, dass das Buch vielleicht nicht an allem schuld ist, woran ich ihm bisher die Schuld gegeben habe. Und wenn doch, dann hat es mir immerhin Carlos und Angelica geschenkt. Also kann ich mich wohl nicht beschweren, egal wie es nun wirklich ist.«

Isa nickt anerkennend.

»Und wirst du das Buch Angelica wiedergeben?«

»Ja, sie bekommt es, und wir werden sie unterstützen, egal wohin ihr Weg sie führt. Sie ist unsere Tochter so oder so.«

»Yes!«, Isa reißt die Faust in die Luft und Renate lacht.

»Ganz einfach machst du es einem aber nicht.«

»Du auch nicht, liebe Renate, du auch nicht.«

»Ja, ich weiß. Deswegen möchte ich dir noch etwas sagen.«

Sie geht um das Bett herum und stellt eine kleine Nippesfigur am Fenster wieder zurück an ihren angestammten Platz. Dann setzt sie sich zu Isa aufs Bett.

»Es ... es tut mir leid Isa, okay?«

»Was denn?«

Renate hebt frustriert die Hände. »Das ich dich auf der Farm im Stich gelassen habe. Ich hätte dich ... ich weiß auch nicht. Zumindest hätte ich für dich da sein müssen und dir eine gute Freundin sein können, wenn du so einen großen Schritt machst.«

Isa winkt ab.

»Ich konnte es selbst kaum glauben, was ich da tat. Ich hab' schon viel Schräges gemacht, aber das toppt noch immer alles und steht an erster Stelle meiner Hitliste an Seltsamkeiten.«

»Trotzdem hast du es gemacht.«

Sie zuckt mit den Schultern.

»Selten sind die großen Veränderungen im Leben vorhersehbar oder hast du gedacht, dass du so bald schwanger werden würdest?«

Isa lacht.

»Nein, niemals.«

»Das Leben ist halt immer für eine Überraschung gut und oftmals sind es dann auch noch richtig tolle.«

»Ja, Angelica und Carlos waren wirklich große und schöne Überraschungen in meinem Leben. Aber Isa, wieso bist du so dahinter, dass Angelica das Buch bekommt?«

»Ist das so überraschend, Renate? Ich finde mich in ihr wieder. Ich sehe ihren Kampf mit sich selbst. Wie sie versucht, es euch recht zu machen und nirgendwo anzuecken und doch ihren Weg zu gehen. Sie hat ein gutes Herz deine Kleine. Das weißt du.«

Renate streicht sich über die Wange, um eine kleine Träne auf ihrem Weg nach unten wegzuwischen.

»Ja.«

»Tja und sie will das Buch. Ob es ihr hilft und was sie damit macht, ist zweitrangig. Ich weiß, was es heißt, seinen Weg zu gehen, selbst wenn er anderen vollkommen verrückt erscheint. Man braucht einiges an Kraft dafür und deswegen bin ich der Meinung, dass sie jede Unterstützung bekommen sollte, nach der sie fragt. Wenn ihr also das Buch für ihre Zukunft wichtig erscheint, dann soll sie es bekommen.«

Sie hält kurz inne und sieht zur Decke.

»Vielleicht wird sie uns überraschen und die Welt verändern. Vielleicht auch nicht – wer weiß das schon. Wichtig ist doch nur, dass wir als ihre Familie ihr zur Seite stehen, denn am Ende hätten wir doch auch nichts anderes gewollt, oder? Menschen, die uns so akzeptieren, wie wir sind und uns unterstützen, damit wir uns entfalten können, egal wer wir dann werden.«

Renate überlegt. Als sie nach ihrem Streit mit Isa aus Sizilien zurückkam und kurz darauf erfuhr, dass sie schwanger war, konnten sie das nur schaffen, weil ihre Eltern für sie da waren. Sie freuten sich über ein Enkelkind, statt ihr Vorwürfe darüber zu machen, was das für ihre Karriere als Ärztin bedeuten würde. Sie hatte Glück gehabt und die Unterstützung erfahren, die sie benötigte. Isa hatte Recht. Sie wüsste nicht, was sie getan hätte, wenn ihre Eltern ihr nicht geholfen hätten, sondern gegen sie und ihr Kind gewesen wären.

*Es wäre um einiges schwieriger gewesen,* stellt sie fest

»Danke, Isa«, murmelt sie.

»Gerne. Komm her und lass dich drücken.«

Die beiden Frauen umarmen sich in einer überaus wundervollen und ehrlichen Geste, die es schafft, eine Kluft von vielen Jahren zu überbrücken und zwei Herzen, die sich früher innig liebten, wieder ein großes Stück näher aneinander rücken zu lassen.

# 23.

Aufgewühlt lässt Clara Angelica in die Wohnung und noch bevor sie ihre Schuhe ausgezogen hatte, sagt Clara:

»Das solltest du dir wirklich ansehen.«

Verdutzt von der Aufregung und Claras Aussage folgt sie ihr wie ferngesteuert in ihr Zimmer. Dort steht Theo mit einigen Blättern Papier in seinen Händen, wie ein Zinnsoldat, der auf seinen Auftritt wartet. Angelica wird langsam mulmig.

»Sagt mal, was genau ist hier eigentlich los?«

»Wir haben ein bisschen recherchiert, was es mit diesem Elliot-Typen auf sich hat. Das sind vergangene und aktuelle Zeitungsmeldungen über ihn. Es tut mir leid, Angelica, aber irgendwie sieht das gar nicht rosig aus. Der Typ ist nicht unbedingt jemand, für den ich gerne arbeiten würde.«

»Was?«

»Schau selbst«, Theo hält ihr die Unterlagen hin.

Angelica sieht zweifelnd auf den Papierstapel, dann streckt sie die Hand aus und nimmt ihn an sich. Ihre Augen durchforsten die Überschriften.

»Immobilienhai schmeißt Mieter aus Gebäude.«

»Elliot Panapésco, der Mann ohne Gewissen. Nur die Zahlen zählen.«

Das waren die zwei prominentesten Überschriften unter weiteren kleineren Zeitungsmeldungen. Der Tonfall war aber überall der gleiche.

Angelica schluckt.

*Worauf habe ich mich hier bitte eingelassen?*

Sie liest die Artikel Seite für Seite durch und hält Ausschau nach dem Guten, doch scheint sie wenig - nein gar nichts - zu finden. Die Meldungen sind sich einig: Er scheint ein gerissener Typ zu sein, der seinen Profit über das Wohlergehen der Menschen stellt.

*Das war definitiv nicht das, was ich mir vorgestellt habe. Es passt nicht zu dem Elliot, den ich am Amsterdamer Flughafen traf.*

Die Nachricht bringt sie wortwörtlich aus dem Gleichgewicht. Sie muss sich aufs Bett setzen, nachdem ihr leicht schwarz vor Augen wurde. Theo und Clara schauen sie besorgt an. Angelica versucht zu atmen, aber sie bekommt kaum Luft. »Könnt ihr mal bitte die Fenster aufmachen?«

Theo öffnet ein Fenster, während sich Clara neben sie setzt.

»Hey, ist alles okay?«

Angelicas Gedanken überschlagen sich:

*Mist, das war meine einzige Option für die Zukunft. Das soll das große Wunder sein, auf das ich gewartet habe? Ich kann mir schwer vorstellen, dass dieser Kerl in meinem Bild mit dem goldenen Punkten eine Rolle ganz vorne in der ersten Reihe hätte. Mist, Mist, Mist, wieso geht auch alles schief.*

»Ja, das ist nur ... etwas überraschend«, sagt sie schließlich, als das flaue Gefühl im Magen beginnt abzuklingen.

»Das kann ich mir vorstellen. Du sagst die Sache mit dem Praktikum doch ab, oder?«, fragt Clara nach.

Angelica sieht Theo an. Sie wusste nicht, was sie von ihm erwartete und er zuckte schlicht mit den Schultern.

»Ich ... ich weiß es einfach nicht.«

Sie erinnert sich, wie stark Elliots Wut war, sie konnte sie förmlich spüren, sogar aus der Distanz. Doch er hatte sich damals schnell beruhigt und Croissants für sie beide geholt.

*Ja, ein Croissant macht ihn natürlich wieder zum Helden und diese Schlagzeilen zählen nicht oder wie?*, begehrt ihr Kopf auf. *Komm schon, hör auf deine Freunde. Welt retten hin oder her, das war es auf keinen Fall das, was wir uns für unsere Zukunft vorgestellt hatten.*

Das Herz versucht sie auf die Wärme, die es bei Elliots Herz spürte, aufmerksam zu machen. Angelica ist dafür jedoch gerade nicht empfänglich.

Stattdessen bemüht sie sich in diesem Chaos ruhig durchzuatmen. Sie schafft es, sich erneut zu beruhigen und blickt ihre beiden Freunde an.

»Danke für die Mühe, die ihr euch gemacht habt. Ich weiß gerade nicht, was ich davon halten soll und brauche ein bisschen Zeit für mich, um drüber nachzudenken, okay?«

»Hey, klar. Sag, wenn du was brauchst, ja?«, erwidert Theo.

Angelica nickt.

»Ja. Das mach' ich.« antwortet sie und klaubt die Unterlagen, die auf den Boden verstreut sind, zusammen.

»Darf ich die mitnehmen?««

»Klar, sind deine. Mach damit, was auch immer du möchtest.«

»Danke Euch«, sie versucht sich zu sowas wie einem Lächeln aufzuraffen, aber irgendwie gelingt es ihr nicht.

Dann macht sie sich mit den Unterlagen auf und davon, tief in Gedanken versunken, was eine Absage für sie bedeuten würde.

Es ist nicht mal das Praktikum, um das es ihr leid täte. Sie hatte in den letzten Tagen so stark darum gekämpft, von ihren Eltern Freiraum für ihre eigenen Entscheidungen zu bekommen.

*Wenn nun die erste größere Entscheidung gleich so in die Hose geht? Na toll, ich kann jetzt schon eine der endlosen ›haben wir doch gleich gesagt‹-Tiraden meiner Mutter hören.*

Angelica verdreht die Augen.

Zu Hause angekommen, legt sie die Unterlagen auf den Boden, setzt sich auf den Teppich und liest alles nochmal in Ruhe durch. Beim zweiten Mal lesen kann sie durchaus freundlichere Züge erkennen. Elliot war offensichtlich jemand, der wie er damals gesagt hatte, mit einer Fusion zu tun hatte. Ihr war nicht klar, dass es sich dabei um eine Firmenzusammenlegung in der Immobilienbranche handelte. Es gab darüber sichtlich wenig Freundliches zu berichten.

Sie wollte gar nicht daran denken, was ihre Eltern davon halten würden. Das hier erschien diametral gegenteilig zu dem, was sie eigentlich wollte: die Welt verändern. Auch wenn sie noch keinen detaillierten Plan hatte, was genau das bedeuten soll, stellte sie sich bisher immer eine bessere Welt vor. Selbst wenn noch nicht geklärt ist, wie das aussehen soll.

*Ob ein Praktikum bei Elliot da noch reinpasst?*

*Bleibt mir etwas anderes übrig, als die Sache abzusagen?*

Verzweifelt vergräbt sie ihren Kopf in den Händen und lässt ihren Tränen freien Lauf. Dann setzt sie sich auf ihr Bett und starrt vor sich hin.

Was jetzt? Absagen und dann? Wieder von vorne beginnen? Eine Liste mit Studienmöglichkeiten schreiben und eine Wahl treffen?

»*Vielleicht auf mich hören?*«, meldet sich eine Stimme in ihr und sie spürt, dass ihr Herz schon länger versucht, mit ihr in Kontakt zu treten. Erst jetzt, in der Stille ihres Zimmers und nach den ersten Tränen der Enttäuschung, kann sie es wirklich hören.

»*Ich – entschuldige – ich bin gerade etwas verzweifelt*«, versucht Angelica ihrem Herz zu antworten und kommt sich in dem Zwiegespräch albern vor. Aber sie hatte von Marius gelernt, wie sie mit ihrem Herzen in Kontakt treten kann.

Sie atmet tief durch und bemüht sich in sich hinein zu hören. Sie spürt die vielen Gefühle, die gerade um ihre Aufmerksamkeit kämpfen:

Wut, getäuscht worden zu sein.

Angst, zu versagen.

Enttäuschung über sich selbst, dass sie das nicht vorhergesehen hatte.

Sie versucht sich nicht von den Gefühlen mitreißen, sondern sie an sich vorbeiziehen zu lassen. Als säße sie an einem Flussbett und würde dem wilden Strom zuschauen. Verschiedene Gefühle rauschen an ihr vorbei und erzählen ihr von alledem, was nicht stimmt. Sie berichten davon, was alles verkehrt läuft in dieser Welt und wie sehr sie von der Welt enttäuscht sind. Doch sie lässt all diese Emotionen vorüberfließen, während sie weiter daneben sitzt. So entsteht ein Raum, indem sie klar die sanfte Stimme ihres Herzens hören kann.

*»Gut gemacht* Angelica.« Die Stimme ihres Herzens klingt nicht arrogant. Sie klingt warm, freundlich und ihr zugetan.

*»Danke schön. Was möchtest du mir sagen?«*, fragt Angelica nach.

*»Ich glaube, du solltest das Praktikum nicht absagen.«*

Angelica ist verwirrt, das hatte sie nicht erwartet.

*»Aber wieso? Hast du nicht die vielen Zeitungsmeldungen gesehen?«*

Das Herz scheint in ihr zu lächeln.

*»Ja, aber oft ist nicht alles so, wie es scheint.«*

*»Dann sag mir, was anders ist. Sag mir, wieso ich das machen sollte.«*

*»Vertrau mir.«*

*»Das ist ein bisschen wenig, kannst du mir nicht mehr sagen?«*

*»Vertrau mir.«*

*»Sag mir bitte mehr.«*

*»Vertrau mir.«*

So sehr Angelica auch immer wieder nachfragt, das Herz besteht schlichtweg darauf, dass sie ihm vertraut.

Sie weiß nicht so recht, was sie davon halten soll. Hier vor ihr liegen all die Zeitungsmeldungen und ihr Herz will, dass sie das Praktikum trotzdem antritt. Hin- und hergerissen zwischen Fakten und Emotionen gibt sie schließlich auf und legt sich ins Bett. Diese Turbulenzen haben sie todmüde gemacht. Es dauert nicht lange, bis sie eingeschlafen ist.

# 24.

Isabella sitzt auf der Hollywoodschaukel und schwingt stetig hin und her. Ein lauer Wind streicht durch den Garten und sie denkt an die Ranch, an die Tiere und Alessio.

Sie vermisst sie.

»Was gibt es hier noch zu tun?«, murmelt sie in die Stille. Sie lauscht in sich hinein und den Tönen ihrer Umwelt. Doch sie vernimmt nichts, außer die üblichen Geräusche der Nacht. Nichts davon erzählt ihr von ihrem nächsten Schritt, keines davon ruft nach ihr. Auf einmal spürt sie die Antwort in sich und ein Lächeln beginnt sich auf ihrem Gesicht auszubreiten:

*Es ist Zeit, nach Hause zu gehen.*

Sie vertraut, dass Renate und Angelica wieder zueinander finden werden und so auch das Buch wieder zu Angelica kommt. Es ist wohl an der Zeit, ihre Zelte abzubrechen, auch wenn sie ihre Nichte ungern verlässt. Dann muss sie über sich selbst grinsen. Wie soll etwas Neues entstehen, wenn man nicht den Weg für diejenigen frei macht, denen die Welt einmal gehören wird. Sie werden sie dann für die Nächsten vorbereiten. Angelica ist in guten Händen und weiß, was sie will. Alles andere wird sich finden. Und sie weiß, wo ihre Tante ist, wenn sie diese braucht.

Alessio betrachtet den Sternenhimmel über sich, während er im knarrenden Schaukelstuhl auf Isabellas Veranda sitzt. Er fragt sich, ob Isa wohl in diesem Moment das gleiche tut. Er spürt, dass ihr die Tiere fehlen und sie bald wieder nach Hause kommen möchte.

Sie schlief schlecht, wenn nicht mindestens ein Hund schnarchte, eine Giraffe durch die Nacht wanderte und ein Affe irgendwo komische Geräusche von sich gab. Er dagegen war froh, dass er seine eigene Farm hatte. Er erinnerte sich noch zu gut, wie sie damals auf seine Farm kam und er sich fragte, was diese junge Frau zu ihm brachte. Mit einem Lächeln denkt er daran, wie schnell er sich in sie verliebte. Eine Liebe, von der sie erst viel später erfuhr.

*Sie war wahrhaftig ein besonderes Geschenk des Universums.*

Roberto stellte sich auf die Hinterbeine und legte seine Pfoten und seinen Kopf auf Alessios Oberschenkel, um gekrault zu werden.

»Und ihr Tiere auch«, murmelt er während er ihn streichelt.

Roberto bellt zustimmend und auf wundersame Weise stimmten die anderen Tiere auf ihre ganz eigene Art zu. Alessio schüttelt amüsiert den Kopf. Die Wege des Universums sind manchmal wirklich unergründlich.

# 25.

Renate ist früh munter und geht direkt ins Wohnzimmer. Dort liegt das Buch des Universums auf dem Couchtisch. Carlos hatte es wohl in der Annahme, das alles geklärt sei, hier liegengelassen.

*Vielleicht hat er recht.*

Sie setzt sich auf den Sessel und nimmt das Buch in die Hand. Zärtlich streicht sie über die goldenen Buchstaben auf der Oberseite.

*Hast du mir Carlos und Angelica geschenkt oder war wirklich alles nur ein Zufall?*

Es bleibt still im Wohnzimmer und nichts Ungewöhnliches passiert, nur der Gedanke verhallt in ihrem Kopf.

Sie erinnert sich an all die Dinge, die sie mit Carlos erlebt hatte. Ihre Reise, die Ranch, die Geburt von Angelica, der Einzug in ihr gemeinsames Haus, die Meilensteine auf Angelicas Weg und die vielen vertrauten Stunden miteinander. Die Freude, die

Tränen, das Gelächter und manchmal auch die kleinen Enttäuschungen.

Sie leben ein sehr erfülltes Leben, Buch hin oder her. Sie wollte keine Sekunden missen – nicht mal jene der Angst. Nach den Verwirrungen der letzten Tage sieht sie die Vergangenheit auf einmal in neuem Licht, wie ein Puzzlebild, dessen Pracht sich ihr jetzt erst erschließt.

Die Beilegung ihres Streits mit Isa lässt auch die Gegenwart in einem noch schöneren Licht leuchten. Sie fragt sich, ob das Buch geholfen hat, sie wieder zusammen zu bringen? Schließlich war das Buch doch einer der Hauptgründe, warum Isa überhaupt nach Wien gekommen war. Noch einmal streicht Renate über die Buchstaben.

*Du bist schon ein seltsames Ding.*

In diesem Moment erreichen die Strahlen der aufgehenden Sonne das Wohnzimmerfenster. Einige treffen den Einband des Buches und lassen das Gold der Buchstaben leicht funkeln. Sie betrachtet das Farbenspiel und nickt.

Vielleicht wird es immer ein Geheimnis bleiben, was es mit diesem Buch tatsächlich auf sich hat. Doch zumindest hat sie nun verstanden, dass es keinen

Schaden verursacht, im Gegenteil, es hat ihr Angelica geschenkt.

Sie hält inne.

*Angelica.*

Sie zweifelt, dass sie ihrer Tochter je erklären kann, wie es sich anfühlt, ein Kind zu haben. All die schlaflosen Nächte, die man neben ihm verbringt. All die Entwicklungsschritte, die man zusammen gehen darf. All die Freude, die man teilt.

Und dann, von einem Moment zum nächsten, geht es plötzlich seinen eigenen Weg und man ist nicht mehr Teil dieses Weges, auf dem man so lange gemeinsam gegangen ist.

*Auch das ist richtig,* gesteht sie sich ein.

Denn ist es nicht der Lauf der Welt, dass die Kinder sich von ihren Eltern lossagen, damit etwas Neues entstehen kann? Damit sie unbekanntes Territorium betreten können, für das ihre Eltern vielleicht nicht mutig genug waren oder für dessen Entdeckung die Zeit noch nicht reif war?

Wie sollte das gehen, wenn einem auf diesem Weg sich immer diejenigen einmischen, die glaubten schon alles vorher erlebt zu haben und zu wissen, was man als Nächstes tun sollte. Das heißt allerdings nicht, dass man ihnen nicht weiterhin zur Seite stehen kann, wenn es notwendig ist.

Sie erinnert sich, wie ihr Isa von Angelicas Träumen erzählte und schüttelt den Kopf.

*Die Welt verändern.*

Na dann mal los. Es gab schließlich immer wieder Menschen, die großes in der Geschichte der Welt bewirkt haben. Wieso also nicht ihre wundervolle Tochter?

Entschlossen nimmt sie das Buch in die Hand und macht sich auf den Weg in Angelicas Zimmer.

# 26.

Angelica wird von einem Klopfen geweckt. Langsam öffnet sie die Augen und blinzelt in das frühe Morgenlicht.

»Ja?«

»Ich bin's. Darf ich reinkommen, Angelica?«

»Äh klar.«

*Wie spät ist es eigentlich?* fragt sich Angelica und sieht auf die Uhr, die sieben anzeigt. Verblüfft stellt sie mal wieder fest, dass sie durchgeschlafen hatte und das trotz der turbulenten Ereignisse von Gestern.

Ihre Mutter öffnet die Tür.

»Guten Morgen.«

»Morgen«, antwortet Angelica verschlafen. Ihre Mutter steigt ohne einen Kommentar über die Unterlagen, die auf den Boden verstreut liegen und setzt sich auf den Schreibtischstuhl neben ihrem Bett.

»Hast du gut geschlafen?«

»Ja.«

»Keine seltsamen Träume mehr?«

»Sie werden weniger.«

Sie lächelt.

»Klingt doch gut«, antwortet Renate.

»Mama, was ist los?«

Renate sieht zur Seite. Schließlich nimmt sie das Buch des Universums und hält es Angelica hin.

»Ich glaube, das ist es, was du wolltest, oder?«

Sie legt es ihr auf die Decke und Angelica nimmt es in die Hand.

»Wieso jetzt doch?«, fragt Angelica verblüfft.

»Weil es an der Zeit ist, dass du deine eigenen Entscheidungen triffst und du wolltest das Buch dafür haben.«

»Ja und wieso hast du es mir überhaupt gegeben nur um es mir dann wieder wegzunehmen?«

Ihre Mutter zögert, dann sagt sie:

»Vor deiner Reise bin ich darüber gestolpert und die Widmung hat mich überzeugt es dir zu geben, als Erinnerung an deine Familie hier zu Hause und ich hatte es damals ja auch dabei. Aber als du von deiner Reise zurückgekommen bist, war ich geschockt. Was du erlebt hast war beeindruckend, aber vor allem hat es mich erschreckt und alte Erinnerungen sind wieder hochgekommen.«

Renate seufzt:

»Ich weiß auch nicht, es war eine eigenartige Zeit damals und ich weiß noch immer nicht, ob das Buch verantwortlich für einige unangenehme Ereignisse in meinem Leben war: die Absage meiner Facharztstelle, den Studienabbruch von Tante Isabella. Deswegen habe ich es dir wieder weggenommen. Du bist mir einfach wichtig und ich wollte nur das Beste für dich. Aber ich habe ganz vergessen, dass wenn es stimmt und das Buch eine solche Kraft hat, es auch dafür verantwortlich ist, dass du und Carlos in meinem Leben seid und das ist eines der großartigsten Geschenke überhaupt.«

Renate sieht sie liebevoll an, bevor sie weiter fortfährt:

»Also gibt es mehrere Möglichkeiten, entweder es war für die guten und schlechten Dinge verantwortlich, oder es war für keines davon verantwortlich.«

»Und was meinst du war es jetzt?«, antwortet Angelica.

Renate zuckt mit den Schultern:

»Am Ende des Tages ist es schwer zu wissen. Nachdem ich mit Isa und Carlos geredet habe, bin ich mir nicht mehr sicher. Aber wahrscheinlich ist es nicht mehr meine Aufgabe das herauszufinden. Ich bin deine Mutter und du bist langsam erwachsen genug, um deine eigenen Entscheidungen zu treffen. Und du hast dich entschieden, deine eigene Reise mit dem Buch zu machen. Deswegen will ich es dir zurückgeben.«

Angelica weiß nicht recht, was sie sagen soll – schließlich sagt sie »Danke« und umarmt ihre Mutter aus ganzem Herzen.

»Tut mir leid, dass es so lange gedauert hat. Es war nicht leicht für mich.« flüstert ihre Mutter.

Angelica hört ein Schniefen und ihr wird klar, dass ihre Mutter weint. Sie fragt sich, wann das das letzte Mal der Fall war. Sie konnte sich nicht gleich daran erinnern, doch dann fällt es ihr wieder ein – es war bei ihrer Abreise am Bahnhof, als sie sich voneinander verabschiedet hatten. Ihr wird bewusst, wie sehr sie ihrer Mutter am Herzen liegt. Die Umarmung hält eine Weile an, bis sich Angelica vorsichtig von ihrer Mutter löst, die sich die Tränen aus den Augen wischt.

»So«, sie scheint sich zu einem Lächeln zu zwingen. »Ich muss zur Arbeit. Ich hab' dich lieb Angelica, das weißt du, oder?«

»Ja, Mama. Ich hab' dich auch lieb.«

Ihre Mutter steht auf und verlässt das Zimmer, während Angelica ihr verwundert hinterher blickt und dann auf das Buch des Universums schaut.

Sie dachte, es wird ein Kampf werden, es wieder zurückzubekommen. Doch nun liegt es da, ohne dass sie überhaupt nochmal mit ihrer Mutter darüber diskutieren musste. Bedächtig streichelt sie es und grübelt darüber, was ihre Mutter und Isabella dazu gesagt haben.

*Auslöser, Unterstützer, etwas ganz Anderes oder nichts davon? Was ist es wirklich?*

Sie denkt an ihre Reise. Sie hat das Buch als freundlichen Begleiter in Erinnerung, und war von seiner positiven Wirkung überzeugt.

*

Das Universum nickt und freut sich über Angelicas Erkenntnis. Das Buch des Universums hatte nie eine negative Wirkung, doch wie immer liegt es im Auge des Betrachters, was er daraus machte. Man kann alle Dinge von den unterschiedlichsten Perspektiven betrachten, doch ist es oftmals hilfreich die positive zu wählen, damit das Gute geschehen kann.

*

Angelicas Augen wandern über die Zettel, die auf dem Boden verstreut sind. Sie seufzt. Sie war immer noch zwiegespalten, was das Praktikum betraf. Ihr Herz war gestern eindeutig dafür, aber ihr Kopf hatte gute

Gründe dagegen. Was soll sie davon halten und auf wen soll sie hören. Sie findet es seltsam, dass ihr Herz so darauf besteht, dass sie nach Lissabon geht.

*Und jetzt?*

Sie nimmt das Buch des Universums und blättert nahezu ehrfürchtig durch die Seiten, die sie schon gelesen hatte. Bei jeder Seite erinnert sie sich an die Situation, in der sie dabei war, durchlebt sie fast erneut, so intensiv ist es. Auch wenn es aufwühlende Erlebnisse waren, fühlt sie sich sicher. Geborgen, aber vor allem neugierig, auf das was nun als Nächstes kommen mag. Sie schlägt eine neue Seite auf:

*Manchmal kommen wir an eine Gabelung im Leben und dann liegt es an uns, zu entscheiden. Auf der einen Seite ist der oft beschrittene Weg, jener, der auf den ersten Blick gepflegter und einfacher wirkt. Wenn wir ihn wählen, dann gelangen wir dorthin, wo schon viele vor uns waren. Dennoch kann es sein, dass wir lieber den anderen Weg wählen, auch wenn er im ersten Moment wilder erscheint. Vielleicht ist er tatsächlich abenteuerlicher, aber dadurch führt er uns dorthin, wo wir Neues entdecken können. Es ist nicht wichtig, welchen der beiden wir wählen, sondern dass wir es aus den richtigen Gründen tun. Im Leben werden wir immer wieder beide beschreiten.*

Verwirrt sieht sie die Zeilen an. Es waren ungewöhnlich viele für das Buch des Universums. Was sollte sie davon halten? Sollte sie nun nach Lissabon gehen oder nicht?

Frustriert schlägt sie die Bettdecke zur Seite und steht auf. Einem Impuls folgend prüft sie die E-Mails auf ihrem Handy.

*Seltsam.*

Sie hatte ihre Emails nun schon länger nicht mehr abgerufen, irgendwie ist es in der ganzen Aufregung der letzten Tage untergegangen. Tatsächlich findet sie dort eine Nachricht von einer Frau, die sich als Elliots Assistentin vorstellt. Sie hat ihr einige Terminvorschläge für eine Besprechung zu den Details des Praktikums geschickt und bittet um eine möglichst rasche Antwort.

Als Angelica die Mail liest beginnt sie, an ihren Fingernägeln zu knabbern.

*Ich muss eine Entscheidung treffen.*

Sie schließt das E-Mail-Programm auf ihrem Handy und beschließt erst einmal aufzustehen und sich einen Kaffee zu holen, bevor sie irgendetwas anderes tut.

Unten angekommen trifft sie auf Tante Isabella, die bereits ihr Frühstück genießt. Sie scheint sichtlich hungrig zu sein, und streicht sich gerade einige Brötchen.

»Guten Morgen, Schlafmütze«, ruft sie.

»Guten Morgen. Na, du bist ja früh auf.«.

»Ja, setz dich doch zu mir. Ich hab' noch ein bisschen Kaffee und Gebäck übrig.«

»Ausgezeichnet«, stellt Angelica schmunzelnd fest. Sie setzt sich und nimmt sich eines der Kipferl[2] und Kaffee.

»Na wie läuft es bei dir?«, fragt Isabella.

»Ich hab' das Buch wieder«, stellt Angelica zufrieden fest.

»Na, das trifft sich gut«, sagt ihre Tante und beißt in ihre bestrichene Semmel[3]. Dann sagt sie:

»Ich hab' nämlich heute einen Flieger nach Hause.«

»Was?«

Angelica ist überrascht.

»Aber wieso denn das?«, will sie wissen.

»Weil du jetzt deinen Weg gehen kannst und ich langsam wieder zu meinen Tieren will. Weißt du, ich vermisse sie.«

---

2 Ein aus Briocheteig bestehendes Frühstücksgebäck in der Form eines Croissants. Wird gerne mit Butter und Marmelade vernascht.

3 Der freundliche Nachbar des Kipferls, die gerne zu zweit auftreten. Die Semmel (oder in Wien gerne das Semmerl genannt) ist ein Brötchen weißem Mehl. Es eignet sich sowohl für würzige wie auch süße Geschmacksausflüge.

Dann sieht sie sich um, als hätte sie Angst, dass jemand mithören könnte.

»Und ich vermisse Alessio«, flüstert sie schließlich grinsend. Angelica kann nicht anders. Sie muss auch grinsen.

»Sag mal, wissen meine Eltern das mit dir und Alessio eigentlich schon?«

Tante Isabella spielt die verwirrte.

»Alessio? Keine Ahnung, wen du meinst«, sagt sie und zwinkert ihr zu. Dann wird sie eine Spur ernster:

»Ich weiß auch nicht. Manchmal mag ich den Gedanken einfach, dass unsere Beziehung etwas ist, das nur uns gehört und von der keiner etwas weiß. Eingeschworene Eingeweihte wie dich ausgenommen.«

»Ich sag kein Wort, versprochen.«

»Sehr gut!«

Ihre Tante nimmt sich eine Serviette und fährt sich damit über den Mund.

» So, meine Liebe, es ist an der Zeit, dass ich mich auf den Weg mache. Ich höre schon Roberto nach mir bellen und ich will gar nicht wissen, was meine Lieblinge ohne meine Aufsicht mit Alessio anstellen. Brauchst du noch was?«

Angelica zögert. Soll sie ihr von der Sache mit Elliot erzählen? Doch dann beschließt sie es bleiben zu lassen, denn erst jetzt wird ihr bewusst, wie sie sehr sie zu schätzen weiß, dass sich Isabella überhaupt auf den Weg gemacht hat, um ihr zu helfen.

Angelica schüttelt den Kopf.

»Nein, alles gut und danke für alles!«

Sie gibt ihrer Tante einen Kuss auf die Wange und Isabella sieht ihr danach nochmals fest in die Augen.

»Sicher?«

Angelica nickt. Es rührt sie, wie sehr sie sich um sie sorgt, aber sie hat wahrhaftig genug getan.

Der prüfende Blick ihrer Tante ruht noch einen Moment auf ihr.

»Naaaa gut, dann mach ich mich mal auf den Weg und ruf mir ein Taxi. Von deinen Eltern habe ich mich schon verabschiedet, da sie ja auf die Arbeit mussten und nur du hast mir noch gefehlt.« Sie gibt Angelica einen Kuss auf die Wange und ruft sich ein Taxi.

Kurze Zeit später steht Angelica mit ihrer Tante auf der Straße, während die ihren Koffer in das Taxi lädt. Als sie Isabella so sieht, mit den Cowboystiefeln und dem dazu passenden Hut, erlebt sie das sprichwörtliche lachende und weinende Auge.

*Ich werde sie ganz schön vermissen,* gesteht sich Angelica ein.

»Na, na nicht weinen Kleines hörst du? Sonst muss ich auch anfangen und das will hier doch keiner haben. Zwei weinende Frauen. Dann kommen vielleicht noch lauter gutaussehende Männer, die uns trösten wollen und wie würden wir uns die aufteilen? Nein, nein, nein das ist mir zu kompliziert. Komm her.«

Tante Isabella umarmt sie, wie nur sie das kann. Mit ganzer Kraft und so dass man das Gefühl hat, das man vom Herz des anderen liebevoll gedrückt wird. Und wenn Angelica es nicht besser wüsste, würde sie schwören, dass ihr gerade eine Träne auf die Schulter gefallen ist.

Ihre Tante löst sich von ihr.

»Egal was kommt, alles wird gut – vergiss das niemals. Hörst du?«, sagt sie zu Angelica und diese nickt.

»Geht klar.«

»Sehr gut.«

Sie dreht sich um, steigt ins Taxi und Angelica kann hören, wie sie zu dem Taxifahrer sagt:

»Na dann geben Sie mal Gas und zeigen Sie was sie draufhaben! Ich will nämlich fix nach Hause.«

Angelica lacht, während sich das Auto entfernt. Dabei sieht sie, wie ein Cowboyhut aus dem Fenster gestreckt wird und ihr zuwinkt.

# 27.

Als Tante Isabellas Taxi in der Ferne verschwunden ist, atmet Angelica tief durch.

Sie findet es schade, dass ihre Tante so plötzlich abgereist war und doch fühlt es sich richtig an. Sie sollte tatsächlich wieder zurück zur Farm, auf der sie sich wohlfühlt. Es war toll, dass sie überhaupt da war und ihr geholfen hat.

Sie blickt in den Himmel, wo die Sonne hell strahlt und entschließt sich, zurück an den Ort zu gehen, wo alles angefangen hat. Oben am Kahlenberg, wo sie zum ersten Mal überlegte, ob sie schon viel zu lange hier in Wien war und sich deshalb für ihre Reise entschied. Dort hatte sie nach ihrer Rückkehr auch Marius das erste Mal getroffen. Vielleicht gab ihr die Aussicht von dort oben ja erneut die Möglichkeit, ihre Gedanken etwas zu ordnen.

Mit dem Buch in der Hand macht sie sich auf den Weg. Sie hat nicht vor, es so schnell wieder aus der Hand zu geben.

Gemütlich schlendert sie durch die Weinberge, wo die Trauben schon sehr voll an den Trieben hängen und darauf warten, von geübter Hand geerntet zu werden.

Bevor sie oben ankommt, erblickt sie eine Gestalt am Wegesrand und es kommt ihr ein Lächeln über die Lippen. Es ist Marius, der mit angezogenen Knien auf der Wiese sitzt und in die Ferne zu blicken scheint.

*Wie es ihm wohl mit seiner Frau ergangen ist?*

Still lässt sie sich neben ihm nieder und genießt die Aussicht über die Stadt. Lange spricht keiner von beiden ein Wort. Der Wind streift über die Gräser, die Sonne scheint herab. Angelica beobachtet die Natur rund um sich. Die Bienen, die Ameisen und die kleinen Käfer, die ihrer Arbeit nachgehen und für die das Wetter wohl ideal ist. Sogar ein blauer Schmetterling fliegt ein paar Mal bei ihnen vorbei. Er ist besonders schön anzusehen. Vorsichtig streckt Marius seine Hand aus. Anfangs scheint der Falter zu zögern, doch nach einigen kleinen unentschlossenen Flugrunden lässt er sich auf seinem Finger nieder. Dann hebt Marius die Hand und zeigt ihn Angelica.

»Vielleicht wissen Schmetterlinge mehr vom Leben als wir. Sie müssen sich aus einem riesigen Kokon kämpfen, um endlich fliegen zu dürfen und um zu diesem zerbrechlichen Wesen zu werden, das seine Farbenpracht in die Welt strahlt. Ich glaube, sie haben großen Mut diese kleinen Wesen.«

Angelica betrachtet das Tier, das behutsam seine Flügel auf und zu schlägt. Dabei zeigt es seine schillernden Farben.

»Ja«, stimmt sie zu, »das glaube ich auch.«

Der alte Mann hebt den Finger und der Schmetterling nutzt die Gelegenheit, um davon zu fliegen.

»Wie geht es dir, Angelica?«, fragt Marius.

»Gut und erneut verwirrt«, antwortet sie.

»Das klingt doch schon mal gar nicht so verkehrt«, sagt Marius lächelnd und fährt fort:

»Möchtest du über die Verwirrung reden?«

*Möchte ich das?*

»Ja und zuerst die guten Neuigkeiten: Ich habe das Buch zurück.«

Sie legt es ihm in die Hand.

»Das ist ja großartig. Dann fang mal mit deiner Verwirrung an, dafür gibt es bestimmt auch eine Lösung.«

»Weißt du, da ist diese Sache mit Elliot. Er hat mir ein Praktikum angeboten. Allerdings haben meine

Freunde herausgefunden, dass er scheinbar nicht zu den Geschäftsmännern gehört, mit denen ich gerne zu tun haben möchte. Schon gar nicht, wenn ich auf eine gute Art und Weise die Welt verändern möchte. Es gibt für meinen Kopf also allen Grund dafür zu plädieren, die Stelle aufzugeben. Allerdings möchte ich auch nicht wieder von vorne anfangen«, fasst Angelica zusammen.

Marius seufzt.

»Weißt du, wir fangen niemals an der gleichen Stelle wieder an und doch jedes Mal von vorne.«

»Wie meinst du das?« fragt Angelica.

»Zum Beispiel der Schmetterling. Als er eine Raupe war, aß er, brauchte einen Platz zum Schlafen und liebte. Als er ein Schmetterling wurde, war alles neu und doch muss er essen, schlafen und sucht vermutlich wieder die Liebe. Soviel ändert sich nicht. Ähnlich ist es bei dir. Am Ende ist es gar nicht so wichtig, wofür du dich entscheidest. Probleme werden so oder so auftreten und du wirst einen Weg finden müssen, um sie zu bewältigen. Doch was sagt dein Herz zu der ganzen Sache?«

Angelica ist etwas stolz, dass sie schon vor dem Treffen mit Marius die Gelegenheit ergriff, mit ihrem Herz zu sprechen. Vor kurzem noch musste Marius ihr überhaupt erst zeigen, was das bedeutete. Nun wusste sie schon etwas besser, wie sie mit dieser Art von Kommunikation umgehen sollte.

»Es sagt, ich soll nach Lissabon gehen.«

»Und warum rät es dir das?«

»Ich weiß es nicht. Es sagt nur immer wieder, ich solle ihm vertrauen. Nicht besonders hilfreich, wenn du mich fragst«, stellt Angelica fest.

Marius grinst.

»Ja, Herzen haben eine besondere Form der Kommunikation. Und was sagt dein Buch?«

»Ungewöhnlich viel, aber am Ende, dass wir uns für einen Weg entscheiden müssen und das sollten wir aus den richtigen Gründen tun.«

»Dann gibt es eigentlich nur noch eine Frage, liebe Angelica: Wozu brauchst du denn mich noch? Ist nicht schon alles klar? Dein Buch ermuntert dich und sagt dir, du brauchst die richtigen Gründe. Dein Herz sagt dir, dass du gehen sollst, was ein ziemlich passender Grund ist, wenn du mich fragst. Was fehlt dir noch?«

Verblüfft sieht Angelica Marius an und stellt fest, dass er recht hat. Ihr Herz und das Buch sprachen eine eindeutige Sprache. Was fehlte ihr dann noch? Und dann wusste sie es.

»Der Mut, den Weg zu gehen, auch wenn er schon sichtbar ist«, murmelt sie.

»Ah jetzt kommen wir der Sache schon näher. Der Mut weiterzugehen. Wäre es ein guter Grund, nicht weiterzugehen, nur weil du nicht mutig genug dafür bist?«

Marius kaut an seiner Lippe, dann spricht er weiter:

»Das ist das schwierigste, weißt du Angelica? Wir sind frei in unseren Handlungen und du kannst dich jederzeit entscheiden, deinem Weg nicht mehr zu folgen. Das heißt aber im Umkehrschluss, dass du dich auch dafür entscheiden musst, deinen Weg zu gehen, wann auch immer es notwendig ist, so wie jetzt.«

Er zuckt mit den Schultern.

»Hier kann ich dir tatsächlich nicht mehr helfen. Du weißt, was deine Träume bedeuten und wie die Zukunft aussehen könnte. Du kannst mit deinem Herz sprechen und es sagt dir, was du machen sollst. Das Buch hilft dir dort, wo die Aussagen des Herzens dir nicht mehr weiterhelfen. Nun liegt es an dir. Die Entscheidung tatsächlich zu gehen, kann dir keiner abnehmen. Ich kann dir nur sagen, dass am Ende alles gut wird – so oder so. Und das ist doch schon mal was, oder?«

»Was ist, wenn ich mich dagegen entscheide Marius?«

Er lächelt:

»Wir wissen es nicht.«

»Und was, wenn ich mich dafür entscheide?«

»Das wissen wir auch nicht.«

Er dreht sich zu ihr und legt ihr die freie Hand auf die Schulter.

»Willkommen im Mysterium des Lebens. Du kannst alles tun, was du willst, doch du bekommst keine Garantien, außer dass am Ende alles gut wird. Denn zum Schluss wirst du wieder eins mit dem Universum und der unendlichen Liebe.«

Er beugt sich wieder zu ihr.

»Und soll ich dir ein Geheimnis verraten?«

»Was denn?«

»Das Universum freut sich schon riesig darauf«, sagt er augenzwinkernd.

Was für eine absurde Aussage und doch muss Angelica auch grinsen. Es ist eine schöne Vorstellung, mit der unendlichen Liebe vereint zu sein, auch wenn es über ihre Vorstellungskraft geht, was genau das ist. Es war definitiv besser als alles, was sie bisher über das Ende des Lebens gehört hatte.

»Und jetzt?«

»Jetzt schauen wir beide mal, wie du dich entscheidest, sobald du bereit bist, eine Entscheidung zu treffen. Ich bin gespannt.«

Das war es also, jetzt lag es an ihr, ihre Entscheidung zu treffen.

Ihr fällt Marius Frau wieder ein und die Noten, nach denen er suchte, um für sie zu spielen.

»Sag mal, wie geht es dir mit den Noten? Hast du sie gefunden?«

Wieder huscht dieser traurige Ausdruck über sein Gesicht, den sie nun schon einige Male bei ihm gesehen hatte. Er schüttelt den Kopf.

»Mist.«

Er lacht.

»Genau, Mist.«

Da bekommt Angelica eine Idee.

»Sollen wir mal sehen, was das Buch dazu zu sagen hat?«

Über Marius Gesicht huschen so unglaublich viele Ausdrücke auf einmal, dass sie sich fragt, ob er das Problem mit seiner Frau tatsächlich lösen möchte. Es war ein verrückter Gedanke und trotzdem fragte sie sich, ob er nicht auch ein Körnchen Wahrheit enthielt. Dann müsste er wieder ganz von vorne anfangen mit seiner Frau – wenn auch nicht von der gleichen Stelle, doch von vorne, das wäre ein komplett neues Territorium für ihn.

Marius scheint eine Entscheidung gefällt zu haben und nickt. Angelica schließt die Augen und öffnet das Buch an einer beliebigen Stelle und liest vor.

*Wer die Liebe verliert, findet sie oft dort wieder, wo sie ihre Zeichen setzte.*

»Was?«, stößt Marius verdutzt aus und Angelica muss lachen. Er hat recht, es ist wie so oft eine äußerst rätselhafte Aussage und trotzdem glaubt sie, dass darin die Lösung für sein Problem liegt. In diesem Moment fällt ihr etwas ein.

»Komm, ich glaub ich habe eine Idee und es ist gar nicht weit von hier.«

Es ist genau dort, wo sie selbst oft war, um nach neuen Perspektiven zu suchen.

Sie steht auf und hilft Marius auf die Füße, der etwas verwirrt über ihren Enthusiasmus ist. Dann nimmt sie ihn bei der Hand und führt ihn in Richtung der kleinen Mauer am Kahlenberg. Auf dem kleinen Platz vor der Mauer angekommen wendet sie sich in die entgegengesetzte Richtung. Neben einer kleinen Kirche befindet sich der kleine Brunnen, der schon lange nicht mehr als solcher benutzt wurde. Dort, wo die Leute sich früher hineinbeugten um Wasser zu schöpfen, befindet sich heute ein Kranz aus Metallstäben, die auf einem Steinsockel in die Höhe ragen. Darauf hänge eine Vielzahl von Schlössern.

*Vielleicht klappt es, es sind alles Zeichen der Liebe.*

Sie weiß noch genau, wie sie vor nicht allzu langer Zeit um den Brunnen im Kreis ging. Mit geschlossenen Augen ertastete sie die Schlösser und dabei hatte sie das Gefühl, jedes neue Schloss wahrnehmen zu können und die Bekannten, wie alte Freunde zu begrüßen.

Sie nimmt Marius Hand und legt sie auf die Schlösser, dann schließt sie ihre Augen und ein Lächeln umspielt ihre Mundwinkel.

Als ihre Finger die Schlösser berühren, fängt sie automatisch an zu murmeln:

»Charly und Sabine, 1989. Siegfried und Elsbeth, 1950. Sebastian und Heinrich, 2008. Ein großes Schloss mit einem eingravierten Herz ohne Namen.«

Dann bemerkt sie, wie Marius innehält. Verblüfft öffnet sie die Augen. Marius umfasst ein Schloss. Es ist alt, von der Verwitterung mitgenommen und es ist kaum mehr zu erkennen, ob jemals etwas darauf geschrieben stand.

»Meine Frau und ich. 1960. Hier hatten wir unsere erste gemeinsame Verabredung. Wir waren jung, wir hatten keine Ahnung und wir waren so verliebt. Ich spielte für sie bei einem nächtlichen Picknick, als ich noch nicht mal wirklich wusste, wie man eine Gitarre richtig halten musste.«

Dann schien es ihn zu überfallen. Tränen laufen aus seinen Augen, während er auf die Knie fällt und am ganzen Körper zittert. Er murmelt: »Die Noten, sie waren schon immer da, ich wusste nur nicht, wo ich sie finden sollte.«

Er steht auf und wendet sich Angelica zu:

»Ich danke dir von Herzen! Ich muss zu meiner Frau und muss ihr von meiner Liebe spielen. Einer Liebe, die das alte und das Neue miteinander verbindet und so etwas nie Dagewesenes entstehen lässt.«

Er umarmt Angelica und verlässt überraschend schnell den Platz. Angelica hat das Gefühl, dass er nun um Jahre jünger ist.

Sie seufzt lächelnd, geht zu ihrer Mauer, setzt sich an den Rand und blickt in die Weite über Wien.

# 28.

Als Marius zu Hause ankommt, geht er ins Gartenhaus, holt seine Gitarre und setzt sich auf die Stufen vor dem Haus. Er lässt die Finger über die Saiten gleiten. Dabei taucht er in die Erinnerungen ein, als er seine Frau das erste Mal sah und die damit verbundenen Gefühle. So spielt er die Noten, die ihm jetzt wieder zugänglich sind.

Es ist eine neue Musik, die hier entsteht. Sie ist anders als alles, was er kennt. Sie erzählt vom Beginn der Liebe, als er seine Frau das erste Mal traf, von den Entscheidungen, die er über die Jahre getroffen hatte. Von jenen, die er für gut befand, genauso wie von denen, die er nun bereut. Vor allem erzählt sie davon, dass egal wie tiefgehend er mit dem Universum verbunden war, ihm seine Frau immer noch fehlte. Als Nächstes erzählte die Musik, von dem was sein könnte, wie er dafür sorgen würde, dass sie eine wunderbare Zeit miteinander haben würden und er alles dafür tun würde, dass sie diese letzten Jahre ihres Lebens so herzlich wie möglich miteinander verbringen würde.

Marius lässt der Musik ihren Lauf. Zum Schluss erzählt sie von der Liebe, von der wahren reinen Liebe, die über das Weltliche hinausgeht. Die Liebe, die dafür sorgt, dass zwei Menschen sich schon lange als Partner wählen, bevor sie auf diese Erde kommen, egal welche Herausforderungen damit auch verbunden sein mögen. Ein tiefes und zeitloses Versprechen, immer füreinander da zu sein, verbindet solch besondere Seelen. Nicht alle Seelen sind bereit das zu tun, was für ein solches Versprechen nötig ist: Sich zu verzeihen.

Als die letzten Töne seiner Musik verklungen sind, öffnet sich zaghaft die Haustür jenes Hauses, in dem er vor langer Zeit wohnte. Im Türrahmen steht seine Frau und sein Herz nimmt ihr Herz wahr. Es spürt Hoffnung darauf, nicht wieder enttäuscht zu werden und sein Herz verspricht alles zu tun, damit dies nie wieder geschehen würde.

Mit diesem Versprechen tritt Marius zögerlichen Schrittes über die Türschwelle in ein neues Leben, das er hofft, nun mit seiner Frau zu gestalten.

Er weiß, es wird Zeit brauchen, bis alle Wunden geheilt sind. Aber durch die Begegnung mit dem Universum weiß er auch, dass sie diese Zeit haben – bis zum Ende ihres Lebens und weit darüber hinaus.

# 29.

Isabella parkt das Auto vor der Farm und ein erleichterter Seufzer entkommt ihr. Es ist bereits Abend. Manchmal vergisst sie, wie lange so scheinbar kurze Reisen dauern können.

»Endlich wieder zu Hause«, sagt sie erleichtert, als sie die Autotür öffnet. Roberto, ihr Hund, springt ihr bereits entgegen und sie beugt sich zu ihm nach unten, um ihn zu streicheln. Er schleckt ihr voller Begeisterung das Gesicht ab.

»Ja mein Kleiner, ich hab' dich auch vermisst.«

Dann holt sie ihren Koffer aus dem Auto und geht auf die Farmhütte zu. Dort steht Alessio und empfängt sie mit offenen Armen und Herzen, in die sie sich mit Freude hineinfallen lässt.

*Es war anstrengender als gedacht,* bemerkt sie und gibt ihm einen Kuss.

»Komm setz dich, ich mach dir mal einen Tee«, schlägt Alessio vor, der ihre Erschöpfung zu spüren scheint, genauso wie so vieles andere auch.

»Und dann erzählst du mir, wie es war«, fügt er hinzu.

»Weißt du es nicht schon längst?«, fragt Isabella neckisch.

»Doch, aber ich kenne deine Version der Geschichte noch nicht«, sagt er, blinzelt ihr verschwörerisch zu und verschwindet ins Haus.

Sie macht es sich auf ihrem Schaukelstuhl bequem und kuschelt mit Joey, dem sonst eher mürrischen Affen, der hier mit ihr und den anderen Tieren auf der Farm lebt.

Langsam wippt sie mit dem Schaukelstuhl hin und her und fragt sich, ob Angelica wirklich die Welt verändern kann.

Sie sieht sich in ihrem Garten um und blickt all den Tieren hinterher.

»Warum nicht? Wenn das hier möglich ist, dann wahrscheinlich noch vieles andere auch«, murmelt sie.

Anschließend hebt sie den Blick zu den Sternen und ihre Stimme bekommt etwas Schärfe.

»Du passt besser auf meine Nichte auf, hörst du? Sonst komm ich persönlich rauf und wir klären das!«

*

Kurz zuckt das Universum zurück, als es diese Worte hört, dann lacht es.

Diese Frau war nun wirklich niemand, mit der es sich anlegen wollte. Wenn Menschen sich für andere aus ganzem Herzen einsetzen, dann finden sie immer einen Weg, wenn nötig vielleicht sogar einen, um dem Universum in den Hintern zu treten.

Ja, Menschen, sie verwundern das Universum mehr als man es sich manchmal vorstellen kann. Mit einem Lächeln schließt es die Augen und lässt die Sterne blitzen.

*

Tante Isabella beobachtet die blitzenden Sterne.

«Gut so«, murmelt sie und das einzige Geräusch, das zu hören ist, ist das Knarren des Schaukelstuhls der von einer Geschichte erzählt, die erst noch passieren muss.

Alessio öffnet die Tür und serviert ihr ihren Lieblingstee. Sie fühlt sich nun endgültig wieder zu Hause angekommen.

# 30.

In der Zwischenzeit sitzt Angelica alleine an ihrem Lieblingsplatz und genießt die sich ausbreitende Stille.

*Die letzten Tage waren wirklich eine wilde Reise und das, obwohl ich Wien nicht einmal verlassen habe. Da soll noch einer sagen, die Abenteuer passieren nur in der Ferne,* stellt sie in Gedanken fest.

Das Buch des Universums liegt neben ihr und sie fährt über den ledernen Einband. Es ist schon seltsam. Es war ihr so wichtig, dass sie sogar bereit war, mit ihrer Mutter darum zu streiten. Und jetzt? Sie weiß mittlerweile, dass sie nicht nur auf das Buch hören kann, sondern vor allem auch auf ihr Herz. Es ist ein schönes Gefühl zu wissen, dass sie unterschiedliche Arten kennt, um auf Unterstützung zurückzugreifen.

*»Da ist noch was«*, meldet sich ihr Herz wie auf's Stichwort: *»Du musst dich entscheiden, ob du bereit bist für den nächsten Schritt auf deinem Lebensweg«.*

*

Das Universum atmet tief aus und kleine Sterne entstehen. Rasend schnell fliegen sie davon und einige von ihnen prallen dabei mit einem leisen *Pling* gegen das Stundenglas, bevor sie ihren neuen Platz am Himmelszelt einnehmen.

Das Universum betrachtet den Sand in der Uhr und die letzten Körnchen scheinen wie in Zeitlupe nach unten zu fallen. Als es ganz genau hinsieht, kann es erkennen, dass sich im Glas der Uhr ein goldenes Netz spiegelt.

Man könnte fast meinen, dass sich ein Hauch Nervosität in ihm ausbreitet.

»Sie wird sich doch nicht dagegen entscheiden?«, murmelt es nachdenklich.

*

»Elliot«, murmelt Angelica. Noch einmal zweifelt sie kurz, ob es wirklich eine gute Idee ist. Doch dann erinnert sie sich an das, was Marius gesagt hat: Es ist alles da und was in der Zukunft passieren wird, wissen wir nicht. Wir können lediglich sicher sein, dass am Ende alles gut wird.

Das zu glauben, gibt ihr auf eine verrückte Art und Weise Sicherheit und so nimmt sie ihr Handy heraus und ruft die E-Mail von Elliots Assistentin auf. Sie bestätigt einen der Termine und packt es wieder ein.

»Yes!«, entfährt es ihr. Es fühlt sich gut an und sie spürt, wie ihr Herz vor Freude in ihr größer wird. Sie hat sich getraut - sie hat auf ihr Herz gehört, auch wenn sie nicht weiß, was genau das für sie und ihre Zukunft bedeutet.

*Ab und zu muss man auf sein Herz hören und ein Risiko eingehen,* spricht Angelica in Gedanken zu sich selbst und hofft, dass sie recht damit behält.

Ob das der Fall ist, wird sie schon bald herausfinden - spätestens in Lissabon. Eines steht fest: Eine interessante Zeit voller Abenteuer wartet auf sie.

Sie genießt das Gefühl einige Momente, bevor ihr das Buch wieder in den Sinn kommt. Sie greift danach und betrachtet es nochmal von allen Seiten.

Braucht sie es wirklich? Oder ist es, wie Isabella gesagt hat, nur ein Symbol und hat gar keine Bedeutung?

Lange sieht sie das Buch in ihrer Hand an.

Dann holt sie aus …

… und mit einem Lächeln lässt sie es wieder sinken. Vielleicht braucht sie es nicht, aber es war hilfreich. Es ist gut, es dabei zu haben. Gut zu wissen, dass sie darauf zurückgreifen kann, wenn sie nicht mehr weiter weiß.

Sie denkt an Marius, der hoffentlich wieder zu Hause bei seiner Frau ist. Sie drückt ihm und seiner Frau die Daumen. Marius Wunsch war ein anderer als ihrer. Er wollte endlich wieder zu Hause ankommen, sie dagegen wollte losgehen. Doch trotz ihrer unterschiedlichen Ziele, konnten sie sich gegenseitig helfen und jeder hat bekommen, was er wollte: Der alte Mann sein zu Hause, wenn alles gut ging mit den Noten und sie die Erkenntnis, dass sie sich auf ihren eigenen ganz besonderen Weg machen wird.

Sie lächelt, während die Sonne am Horizont langsam untergeht.

*

Das Universum betrachtet, wie Angelica ihren Gedanken nachhängt, als die Sanduhr sich plötzlich von ihrem Platz löst und in die Luft saust. Mit einem *Pling* verschwindet sie in einem Sternenregen und eine neue erscheint. Das gutmütige Lächeln des Universums spiegelt sich in ihr.

*Gut gemacht liebe Angelica, und nun drücken wir die Daumen bei deiner nächsten Herausforderung.*

Die nächste Aufgabe ist anders, wesentlich anders und sie wird nicht mehr zu Hause sein.

Jetzt, wo sie sich für diesen Weg entschieden hat, muss sie lernen, was es bedeutet, ihn tatsächlich zu gehen.

Doch das Universum ist zuversichtlich, denn es glaubt wie immer an den guten Ausgang.

*Das Ende*

Ps: Wenn Du gleich weiterlesen möchtest, schau dir Band 4 von Angelicas Wunderwelt: »Das Leuchten des Herzens« an.

**Liebe Leserin und Leser,**

schön, dass Du hier bist.
Denn was einen Autor ausmacht sind seine Leser.

Deswegen freue ich mich, wenn Du Dich zu meinen Wunderbriefen anmeldest.

So bekommst Du:
*Updates, wenn ein neuer Band erscheint,*
*Infos zu meinem Leben als Autor und dem Schreibprozess.*
*Die Möglichkeit als TestleserIn an meinen Geschichten mitzuwirken*
*Die gratis Vorgeschichte zu Band 1*

Du erreichst mich natürlich auch persönlich, sobald Du bei meinen Wunderbriefen auf antworten klickst.

Ich freu mich schon auf Dich!

Anmelden kannst Du dich hier:
**www.angelicas-wunderwelt.com**

## Hat dir Angelicas Reise gefallen?

Dann kannst Du dafür sorgen, dass es weitere Bücher von Angelicas Wunderwelt gibt!

Rezensionen helfen anderen Lesern sich darüber zu informieren, ob sie ein Buch kaufen sollen und sind außerdem schlichtweg großartig, wenn es darum geht auf mein Buch aufmerksam zu machen.

Falls Du dieses Buch also gut findest und mich unterstützen möchtest, bin ich dir sehr dankbar, wenn Du eine Rezension hinterlässt, wo auch immer Du das Buch gekauft hast!

Alles Liebe und bis zum nächsten Buch,
Wilfried

# Danke!

Wie ich als Autor schon bald herausfinden durfte, braucht es ein ganzes Dorf, um eine Geschichte zu veröffentlichen. Denn ein Buch ist immer das Werk von vielen, die einen wesentlichen Teil zu seiner Entstehung beitragen. Ohne diese Menschen wäre auch diesmal aus meinen anfänglichen Ideen nie ein Buch geworden. In diesem Sinne ein herzliches Danke an diese wunderbaren Helfer:

Meiner lieben Freundin Nathalie, die alles, was ich schreibe, auf Herz und Nieren prüft, um es wundervoller zu machen.

Anja, die mit Nathalie und mir meine Ideen von Anfang an liest, um herauszufinden, wo ich vielleicht falsch abgebogen bin.

Meiner Schwester Lydia für das Lesen des Rohentwurfs und das Feedback, besonders zu den Themen, die ich auf keinen Fall auslassen darf.

Den Mitgliedern meiner TestleserInnen-Facebook-Gruppe, die im dritten Buch über 500 Kommentare zu Plot und Rechtschreibung hinterließen und mir so halfen, das Werk zu verbessern.

Ilona für das sorgfältige Prüfen des Buches auf Rechtschreibfehler und Edith dafür, dass sie noch eine zweite Prüfrunde machte, damit wir sicher gehen können, dass wirklich keiner meiner Fehler es ins Manuskript schafft. Sollte das doch passiert sein, war es mein Fehler.

Siegfried und Greta für ihre Unterstützung im Geiste und die jahrelange Begleitung auf meinem Weg.

Meinen Leserinnen und Lesern dafür, dass ihr die Zeilen lest – ich hoffe, dass die Geschichte euer Leben ein Stück zauberhafter machen.

Danke euch allen von Herzen, denn ohne euch, würden diese Bücher nur in Gedanken existieren und hätten es nie nach ›draußen‹ geschafft.

# Weitere Bücher aus der Angelicas Wunderwelt Reihe:

### Band 1: Vom Univerum berührt

*Wer will ich sein?*

Diese Frage lässt Angelica nicht in Ruhe, denn sie steht vor der wichtigsten Entscheidung ihres bisherigen Lebens. Dabei kämpfen ihr Kopf und ihr Herz um ihre Aufmerksamkeit und treiben sie in gegensätzliche Richtungen.

Schließlich schafft es das Herz mit der Unterstützung des Universums Angelica zu überzeugen sich auf eine Reise nach Sizilien zu begeben. Dabei lernt sie nicht nur sich selbst, sondern auch unglaubliche Menschen kennen: ihre chaotische Tante, die mit Tigern spricht und Marlena, die größte Zauberin der Welt, sowie ein kleines Kind, das scheinbar Wunder vollbringen kann.

Durch die Begegnung mit diesen Menschen gewinnt sie wichtige Erkenntnisse, die sie nicht mehr loslassen. Sie beginnt zu verstehen, dass ihr Lebensweg sich womöglich abenteuerlicher gestaltet als sie es sich je hätte erträumen können ...

*Aber ist sie bereit dafür?*

## Band 2: Vom Herzen geführt

Die abenteuerliche Reise zweier Menschen auf der Suche nach sich selbst.

Angelica hat es nicht einfach - sie möchte Marius, einen blinden Mann in Lissabon finden, denn das ist die Aufgabe, die ihre Seele ihr offenbart hat. So macht sie sich auf eine herausfordernde Reise ans andere Ende Europas, ohne seinen genauen Aufenthaltsort zu kennen. Doch auch Marius hat einen Auftrag vom Universum erhalten und begibt sich darum auf seinen eigenen Weg in die entgegengesetzte Richtung.

Schaffen es die beiden, auf ihre Herzen zu hören und sich trotz der Umwege zu treffen, die eine solche Reise mit sich bringt?

## Band 4: Das Leuchten des Herzens

*Folge dem Weg deines Herzens - Leichter gesagt als getan.*

Vor allem im Falle von Angelica, die von ihrem Herzen nach Portugal geführt wird. Dort soll sie ein Praktikum bei Elliot machen, über den sie vor Kurzem äußerst fragwürdige Schlagzeilen gelesen hatte.

Als sie ihre Arbeit beginnt, verstärken sich ihre Befürchtungen, die falsche Entscheidung getroffen zu haben. Doch ihr Herz bleibt unbeirrbar bei seiner Meinung und bestärkt Angelica, ihren Weg weiterzuverfolgen.

*Wird ihr Herz recht behalten?*

# Inhaltsverzeichnis

WondersAndChange OÜ, Tallinn

Umschlaggestaltung: Germancreative
Illustration: Phoebe Jandl
Lektorat, Korrektorat: Edith Kornher-Spittler & Ilona Szoboszlai
Weitere Mitwirkende: Nathalie Spittler und Anja Möschler
Verlag: WondersAndChange OÜ, Tallinn